U0528697

莫恩先生的悲剧

THE TRAGEDY OF MISTER MORN
VLADIMIR NABOKOV

〔美〕弗拉基米尔·纳博科夫 著　刘玉红 译

人民文学出版社
PEOPLE'S LITERATURE PUBLISHING HOUSE

著作权合同登记号　图字 01-2016-2276

THE TRAGEDY OF MISTER MORN
by Vladimir Nabokov

Copyright © 2008，Dmitri Nabokov
This edition arranged with The Estate of Dmitri Nabokov
through The Wylie Agency (UK) LTD
Simplified Chinese edition copyright ©
Shanghai 99 Culture Consulting Co., Ltd. 2017
All rights reserved.

图书在版编目（CIP）数据

莫恩先生的悲剧/（美）弗拉基米尔·纳博科夫著；
刘玉红译. —北京：人民文学出版社，2017
ISBN 978-7-02-013223-2

Ⅰ.①莫… Ⅱ.①弗… ②刘… Ⅲ.①悲剧-剧本-美国-现代 Ⅳ.①I712.34

中国版本图书馆 CIP 数据核字（2017）第 204155 号

责任编辑　朱卫净　任　战
封面设计　汪佳诗

出版发行　人民文学出版社
社　　址　北京市朝内大街 166 号
邮政编码　100705
网　　址　http://www.rw-cn.com

印　　刷　上海利丰雅高印刷有限公司
经　　销　全国新华书店等

字　　数　100 千字
开　　本　889 毫米×1194 毫米　1/32
印　　张　6.5
版　　次　2017 年 11 月北京第 1 版
印　　次　2017 年 11 月第 1 次印刷

书　　号　978-7-02-013223-2
定　　价　45.00 元

如有印装质量问题，请与本社图书销售中心调换。电话：010-65233595

剧中人物

主要人物
特拉门斯
埃拉
加纳斯
克莱恩
外国人
米迪亚
但迪里奥
莫恩先生
艾德明

其他人物
仆人
客人（包括第一位客人、第二位客人、
　　女士、灰发客人、第二位来访者
　　和第三位来访者）
老人
四个造反者
队长和四个士兵

第一幕

第一场

一个房间，窗帘下垂，炉火闪亮。特拉门斯裹着有污点的毯子，睡在火边的扶手椅里。他醒来，睡眼惺忪。

特拉门斯：

梦，发热，梦；为我无力的生命
守住大门的这两个哨兵
悄无声息地换了岗……
墙上
鲜花图案变成嘲弄的嘴脸；
燃烧的炉火朝我嘶嘶作响，不是热火，
而是蛇一般的寒气……哦心啊，哦心啊，
燃烧起来！滚蛋，发热，你这毒蛇！……我
无可救药……不过，哦我的心，我真想
把我令人战栗的病痛传给这座漂亮
但冷漠的城市，让皇家广场
流汗，灼热，像我的额头一样；
于是，光脚的街道发寒，
于是，呼啸的风让
高高的楼房、花园、十字路口的

雕像、防浪堤，还有怒海上的船只，
统统发颤！……

［叫唤］

埃拉！……埃拉……

［埃拉进来，她戴着优雅的头巾，却穿着睡袍。］

特拉门斯：

给我点葡萄酒，还有那个玻璃药瓶，
右边那个，有绿色标签的……
看来，你要去跳舞？

埃拉［打开药瓶］：

是的。

特拉门斯：

你的克莱恩去吗？

埃拉：

去的。

特拉门斯：

这是爱情吗？

埃拉［坐到扶手椅的扶手上］：

我不知道……真怪……
和歌里唱的大不一样……昨晚
我梦见我是一座白色的新桥，
大概是用松树造的，铺满松脂，
轻轻架在深渊上……就这样
我等着。唉，没有小心翼翼的脚步——

这座桥渴望被压弯,渴望在铁蹄的轰鸣下

痛苦地嘎吱作响……

我等着——突然,我看到了:

过来了,过来了,燃着火,大吼大叫,

一个牛头怪① 飞奔而来,

那是克莱恩的脸和宽阔的胸膛!

我满心欢喜,献出自己——我醒了……

特拉门斯:

埃拉,我明白……嗯,我开心——

在你身体里呼喊的是我的血,

我贪婪的血……

埃拉[数药]:

一滴……两滴……五、六……七……够了吗?

特拉门斯:

够了。穿衣服吧,

---

① 原文为 Minotaur,弥诺陶洛斯或叫人身牛头怪物。克里特岛的半人半牛怪,克里特岛国王弥诺斯之妻帕西法厄与波塞冬派来的牛结合的产物,拥有人的身体和牛的头。弥诺斯在克里特岛为它建了一座迷宫。弥诺斯的儿子安德洛革俄斯在阿提喀被阴谋杀害,弥诺斯起兵为儿子报仇,给那里的居民造成巨大灾难。为平息弥诺斯的愤恨,解除雅典之难,雅典人向弥诺斯求和,答应每九年进贡七对童男童女到克里特。弥诺斯接到童男童女后,将他们关进弥诺陶洛斯居住的迷宫,由弥诺陶洛斯把他们杀死。在第三次进贡的时候,年轻的忒修斯带着抽中签的童男童女来到克里特,在公主阿里阿德涅的帮助下,用一个线团破解了迷宫,又用她交给自己的一把利剑斩杀了弥诺陶洛斯。

去吧……晚了……等等——拨一下火……
埃拉：
　　煤火，煤火，你火红的心……快活地烧吧！
　　［照了照镜子］
　　我的头发怎么样？我穿金丝薄纱外套。
　　我走了……
　　［她往外走，又停下来。］
　　……噢，那天克莱恩
　　带来他的诗；他的朗诵
　　真是逗，轻轻扇动鼻孔，
　　闭上眼——像这样，瞧——那只手
　　揉着空气，好像那是一只
　　小狗……
　　［她笑着出去了。］
特拉门斯：
　　我贪婪的血……不过她母亲
　　如此可信，如此温柔；是的，
　　温柔，忠贞，如花粉飘过空中，
　　落到我胸口上……你走了，
　　你这片温和的绒毛！死神，谢谢你，
　　谢谢你把这温柔从我这里带走：
　　我自由了，自由自在，无牵无挂……从今往后，
　　我的仆从死神，你我常常心灵相通……噢，
　　我要派你出去，进入这黑夜，

进入黑色雪堆上那些灯火通明的窗户；

生命在那些屋子里旋转，起舞……

不过我得等……

时辰未到……我得等。

［睡着。有人敲门。］

特拉门斯［摆脱睡意］：

进来！……

仆人：

老爷，门外有个人——黑皮肤，

浑身湿透——他想见您……

特拉门斯：

他叫什么？

仆人：

他不肯说。

特拉门斯：

让他进来。

［仆人退下。一个男人穿过打开的门，在门口停下。］

特拉门斯：

你想干什么？

男人［缓缓笑了］：

……他肩上

还是披着那条带污点的毯子……

特拉门斯［仔细端详］：

请原谅……我眼睛发花……不过，

　　　　我的确认出来了，认出来了……是的，
　　　　肯定是的……是你吗——是你？加纳斯？
加纳斯：
　　　　没想到是我吧？我的朋友，我的领袖，
　　　　我的特拉门斯，没想到是我吧？……
特拉门斯：
　　　　四年了，加纳斯！……
加纳斯：
　　　　四年？不是四年时光，
　　　　而是四年坚硬的巨石！岩石，苦工，
　　　　寂寞——还有——难以形容的
　　　　逃亡！……告诉我，我的妻子米迪亚怎样了？
特拉门斯：
　　　　她活着，活着……是的，我认出你了，
　　　　朋友——还是那个加纳斯，迅猛如电，
　　　　言谈举止还是一样热情似火……
　　　　这么说你逃出来了？呃……其他人如何？
加纳斯：
　　　　我逃了——他们还在遭罪……你知道，
　　　　我立刻来找你，像风一样——，
　　　　我还没回家……这么说，米迪亚……
特拉门斯：
　　　　听着，加纳斯，我得向你说明……
　　　　也许奇怪，造反派的主要领导人……不，不，

别打断我！我是自由的，却清楚我的朋友们
还在暗无天日的流放中受罪，
这是不是奇怪？我和从前一样生活：
传言没有指认我，我还是那个
古怪的、神秘的领导人……不过相信我，
我竭尽全力，和你们一同受苦——
他们把你们全抓了，而不会堕落的我，
写了一封信谴责特拉门斯……
两天过去了，第三天，我收到
一个回复。是什么呢？嗯，听着，
我记得，那天夜色阴沉，大风劲吹，
我懒得点灯，天色越发暗黑，
我坐在这里，发热，浑身发抖，
抖得像冰窟窿里的倒影。
埃拉还没放学回家。突然——
有人敲门，一个人进来，他的脸
藏在阴影中，压低嗓门，声音仿佛
也沾上黑暗的色调。加纳斯，你
没在听！……

加纳斯：
我的朋友，我亲爱的朋友，
你可以过后跟我谈这个，我心乱如麻，
听不进去。我想忘记，忘了
这一切——革命论辩的硝烟，

夜幕中战斗的小巷后街……
告诉我，我该怎么办：现在就去找米迪亚，
还是等待？哦，别生气！不要……
请继续……

特拉门斯：

明白吗，加纳斯，我一定要
说明情况！还有很多事情比
世俗之爱更为重要……

加纳斯：

……好吧，这个陌生人……
告诉我……

特拉门斯：

……怪得很，他平静地
朝我走来，说："国王看了你的信，
他为此感谢你。"他说，一边脱下
手套，一丝微笑似乎掠过
他朦胧的脸。"是的……"这位信差
夸张地拍打手套，继续道，
"你是个聪明的同谋者，国王
只惩罚愚蠢之徒，由此得出
一个结论，一个挑战：你是磁铁，自由行，
你是磁铁，收拢那些散布的铁针，
那些革命者，等你把他们聚拢，
我们便把他们一网打尽；继续，自由行，

放出你的光芒,吸引……"加纳斯,你没在听……

加纳斯:

相反,我的朋友,相反……

接下来呢?

特拉门斯:

没了。他平静地鞠躬,离去……

过了很久,我仍盯着

房门。自那以后,我满心愤慨,

无所作为……自那以后,我等待,

固执地等着那带污点的权力犯下错误,

我便可以采取行动……我等待,春秋四度。

梦想无数……听着,时机

马上就到!听着,意志刚强的你,

再次向我靠拢可愿意?……

加纳斯:

我不知道……

可能不会……你瞧,我……不过,特拉门斯,

你还没说我的米迪亚!

她怎么样?

特拉门斯:

她?她堕落了。

加纳斯:

特拉门斯,你怎么敢!老实说

我听不惯你这伤人的话——

我不能容忍……
［埃拉悄悄出现在门口。］

特拉门斯：
……在其他时候
你会一笑置之……我的得力助手——
坚定，清醒，自由——如今心变成米糊，
像上了年纪的女仆……

加纳斯：
特拉门斯，如果我误解你的玩笑，
请原谅，可你不知道，
你不知道……我
受苦太多……吹过芦苇的风
低声告诉我出轨的流言。我祈祷，我
用加固的记忆收买潜行的疑惑，
这记忆无比迅疾，不可侵犯，
它一旦化为言词，便顿失光彩，
可现在，一瞬间……

埃拉［走过来］：
他当然是在开玩笑！

特拉门斯：
偷听，呃？

埃拉：
不。我早知道——
你说话喜欢含糊其词，

让人猜谜,不过如此……

特拉门斯［对加纳斯］:

认出我女儿了吗?

加纳斯:

什么,不可能——埃拉?那个

总是把一本书摊在面前的姑娘,这会儿

就在这毛毯上,与此同时,我们把世界烧成灰烬?……

埃拉:

你的怒火比其他人都更炽热,

抽烟厉害,有时,在蓝灰色波浪里

不像是人,倒像是鬼魂在

手舞足蹈……可你是怎么回来的?

加纳斯:

我用木棒

敲晕两个哨兵,四海徜徉

足有半年……现在,亡命人

终于到家,却不敢进

自己的家门……

埃拉:

我经常去那里。

加纳斯:

真好……

埃拉:

是的,我和你妻子很要好。

在你家黑暗的客厅里，很多次，
我们谈起你悲惨的命运。实际上，
我有时很为难：因为没人
知道我父亲……

加纳斯：
我理解……

埃拉：
很多次，
在无声的华丽背后，她哭泣，
你知道米迪亚的哭泣——无声，无神……
夏天，我们在城郊散步，
你和她在那里散过步……近来，
她透过一杯红酒观察月亮
为你算命……我还会告诉你更多：
今天晚上，我要去她家
参加一个派对——有跳舞，有诗人……
[指了指特拉门斯]
瞧，他瞌睡了……

加纳斯：
一个派对——
可没有我……

埃拉：
没有你？

加纳斯：
我是逃犯：

如果他们逮住我，我就完了……
听着，我写一张条子——你可以
给她，我在楼下等回音……

埃拉［猛地转身］：
有了！有了！妙啊！
瞧，我在戏剧学校读书，
我有油彩和头油，七样
颜色……我给你上妆，
连上帝他自己在审判日那天
也认不出你！嗯，你想不想？

加纳斯：
想……只是……

埃拉：
我就说
你是我一个熟人，是个演员，
还没卸妆——
因为这妆化得很棒……真棒！
没得商量！坐到这里，
离灯近点。就这样，你扮奥赛罗——
那个老摩尔人，鬈头发，黑皮肤。
我还给你我父亲的双排扣礼服
和黑色臂铠……

加纳斯：
真有意思：奥赛罗

穿的是双排扣礼服!……

埃拉:

坐着别动!

特拉门斯［醒来，缩鼻皱脸］:

哦……看来
我睡着了……你们两个疯了?

埃拉:

要不他见不到他老婆,
那里毕竟高朋满座。

特拉门斯:

好怪:
我梦见国王被一个
黑人掐死,他身形壮硕……

埃拉:

也许是我们不经意
的谈话溜进你的梦里,
和你的思想混在一起……

特拉门斯:

加纳斯,你怎么想,
会很久吗?……会很久吗?……

加纳斯:

什么?……

埃拉:

嘴唇别动,等一小会儿
再谈国王……

特拉门斯：

　　国王，国王，国王！

　　到处都是他：占据人民的灵魂，

　　占据空气。据说，太阳升起时，

　　云层里闪耀的是他的盾徽，

　　而不是拂晓之光。然而，没人知道

　　他长什么样。钱币上的他戴着面具。

　　他们说，他混在人群中，目光犀利，

　　穿过城区，出没街市，

　　无人知悉。

埃拉：

　　我见过他乘车

　　去上议院，有骑兵跟随。

　　车辇着蓝漆，亮闪闪。

　　车门有王冠，

　　窗帘下垂……

特拉门斯：

　　……哼，依我看，

　　车里没人，我们的国王

　　是步行……蓝色的光芒，黑色的战驹

　　不过摆样子。我们的国王，他是个假货！

　　他应该……

加纳斯：

　　埃拉，停下，你

把油彩弄到我眼里了……我可以说话吗……
埃拉：
是的，
可以了。我去找假发……
加纳斯：
特拉门斯，告诉我，
我不明白：你想要什么？
我在这个国家游荡，已然
发现——战争和革命之后，
四年的歌舞升平，这片广疆
已变得非常强大。而国王
以一己之力成就这些。你还想要什么？
新的动荡？可为什么？国王的力量
实实在在，和谐融洽，如美乐
令我感动……我也觉得奇怪，
可我明白了，造反就是罪犯。
特拉门斯［缓缓起身］：
你说什么？我听错了吗？加纳斯，
你……懊恼，后悔，实际上这是
在为自己所受的惩罚感恩戴德！
加纳斯：
不是。
因为我心中充满悲伤，因为我的米迪亚
泪水不尽，我永远不会原谅国王。

可想一想：我们慷慨陈词，大话空讲，

说人民受压迫，国家遭贫穷，

百姓受苦痛——而国王他本人

已经采取行动……

特拉门斯［在屋里转来转去，脚步沉重，一边走，一边重重地捶打家具］：

等一等，等一等！你真的认为

我苦苦奋斗，坚定决心，

就是为了这个虚幻的"人民"？

让每一个肚里满是大粪的生灵，那些

酒鬼铁匠，那些皮肤粗糙的马倌，

对着一面干净光亮的镜子

挑剔地打磨指甲，勾起小手指，

装模作样，一边甩掉

脸上的鼻涕？不，你错了！……

埃拉：

头往右一点……我要把

这块羔皮给你拉拉好……

爸爸，

求你了，坐下吧……你走来走去

弄得我眼花。

特拉门斯：

你搞错了！

加纳斯……在历史长河中，在城市广场上，

时不时会有造反，罪犯、粗人，还有
俗人聚在一起……今天我重复他们的话，
但含义更丰富——我原以为
你会在这些率真的话里看出我炽热的真心，
并以你的烈火回应我的烈火。可现在，
你的烈焰减弱，变成对女人的
柔情蜜意……我为你深感痛心。

加纳斯：

可你想要什么？埃拉，我在说话
别挡着我嘛……

特拉门斯：

你可看到，
大风之夜，月光之下，废墟投下
片片阴影？那才是终极之美——
我将把世界带向那里。

埃拉：

别回嘴……
坐稳！……嘴闭紧。傲慢
来一点……好啦，鼻孔来一点
胭脂红——别，别打喷嚏！激情——
在鼻孔里。嗯，你的鼻子很接近
阿拉伯马的鼻子。搞定，
请安静。毕竟，我父亲
说得一点没错。

特拉门斯：
    你说：
    国王是一个伟大的魔术师。同意。
    阳光充沛，谷仓充盈，
    科学的奇迹惠及千家万户，
    隐形的力量减轻劳动强度，
    工场空气洁净，机声隆隆——
    这些我都同意。可我们为何
    总想生长，向上登攀，
    从一山爬向千山，哪怕下山的路——
    从一到无——更快，更舒服？
    生活本身就是实例——它勇往直前，
    摧毁沿途一切障碍，直至灰飞烟灭：
    起初，它一点一点咬断脐带，
    然后将林禽树鸟撕成碎片，
    心脏在我们体内狂跳，如贪婪的蹄声，
    直到撕开我们的胸膛……诗人，
    就是把他的思想打碎成声音？抑或
    少女，就是祈求爱的风暴快快刮过？
    加纳斯，一切都是毁灭。
    它来得越快，就越甜美，越甜美……

埃拉：
    好了，
    穿上羔皮大衣，戴上臂铠——准备就绪！

真的，奥赛罗，很高兴与你同行……
[高声朗诵]
"可我害怕你；你的眼珠如此转动，
夺人性命：我为何害怕，我不懂，
我不懂何为内疚，可我依然惊恐……"
噢，你的靴子有些破旧——算了，别管它……

加纳斯：
谢谢，苔丝德蒙娜……
[照镜子]
嘿，瞧瞧我！
就这会儿功夫，这么快……米迪亚……
化装舞会……灯光，香粉……快，快！
埃拉，赶快！

埃拉：
这就走，这就走……

特拉门斯：
这么说，
我的朋友，你已决定要背叛我？

加纳斯：
别这样，特拉门斯！我们再找时间谈……
现在我没法跟你争论……也许
你是对的。再见了，亲爱的朋友……你
理解的……

埃拉：
我可不想迟到……

特拉门斯：
 走吧，走吧，
 克莱恩早就开始骂你，骂自己，
 什么都骂。加纳斯，别忘……

加纳斯：
 埃拉，赶快，赶快……
 ［两人一同离开。］

特拉门斯：
 这么说，你
 和我被丢下了，我蛇一样的寒气？
 他们走了——我亡命的奴隶和昏了头的
 可怜埃拉……是的，最原始的情愫
 攫住加纳斯，他深陷其中，疲惫不堪，
 似乎忘了真正的使命……我感到，不管怎样，
 在他心里，那一丝火星仍深藏，
 那是鲜红的些许污迹，
 它将扩散成折磨人的恶疾，
 这烈火和极寒席卷我的国度：
 致命的反叛，毁灭的严酷，
 狂喜；虚空；虚无。

落幕

第二场

米迪亚家中的舞会。客厅：左边通向大厅，右边［后面］高高的窗子一旁是点了灯的壁龛。［米迪亚和］几位客人在一起［包括克莱恩、但迪里奥和外国人。］

第一位客人：
莫恩说——虽然他自己不是诗人——
"应该如此：平淡的生活，灵光闪现，
光与影不期而遇，如此突然，
内心深处，你碰触
神圣而幸福的构图：
它抓住你，转瞬即逝；可缪斯清楚
宁静之时，夜之独处，
诗开始放飞唇舌，
激情满怀，不绝于耳……"

克莱恩：
我从没有这样的感觉……我作诗
与此不同：带着憎恶，依靠坚持，
脑袋还要裹上一块湿布……也许
这就是为什么我是个才子……

［两人下场。］

外国人：

那人是谁——

长得像马的那个？

第二位客人：

诗人克莱恩。

外国人：

很有才？

第二位客人：

嘘……他听着呢……

外国人：

还有那一位，

头发银白，目光明亮——在门口

和女主人说话，是谁？

第二位客人：

你不知道？吃饭时你还坐在他旁边呢——

他就是无忧无虑的但迪里奥，灰发

古董迷。

米迪亚 ［对但迪里奥］**：**

可这是为什么？这是

一种罪过：莫恩，莫恩，独一无二的莫恩，

鲜血在欢唱……

但迪里奥：

这世上没有罪过。

爱情、悲伤——一切皆是必然,一切
皆为美丽……我们得从生活中攫取激情时节,
爱情时刻,有如奴隶潜入水中,捕捉
水底的贝壳——盲目,急迫:
来不及撬开,来不及
挑出次品,长着大瘤的次品……贝壳
微光闪烁,突然出现,于是扑将过去,
抓满一手,囫囵吞枣,竭尽全力——
就在心脏快要爆炸的那一刻,
你用力蹬腿,拼命划水,
气喘吁吁,跌跌撞撞,
在阳光灿烂的海滩上,在造物主的脚下,
把捡拾到的宝贝悉数倾倒——他会为你挑拣,
他知道的……就让破碎的贝壳变空吧,
这样无垠的大海可与珍珠的母亲轻吟和唱。
有人只求珍珠,把贝壳一个个丢弃一旁,
这样的人只会两手空空
去见造物主,万物的主宰——
在天堂里,
他会发现自己口不能言,耳不能听。

外国人［走上来］:
在我儿时的梦里
经常听到你的声音……

但迪里奥：

真的，我从来

记不得谁梦见过我。但是

你的微笑我的确记得。想问问你，

客气的旅行者，你来自哪里？

外国人：

我来自二十世纪，来自

一个北方的国度，叫做……

［他低语。］

米迪亚：

哪个国家？

我没听说过……

但迪里奥：

你怎么这么说！

你不记得了，孩童读的童话故事？

幻想……炸弹……教堂……金王子……

穿雨衣的革命者……暴风雪……

米迪亚：

可我觉得那是不存在的。

外国人：

也许吧。我

进到一个梦里，可你肯定

我梦醒了吗？……如此而已，我相信

你的城市，明天我会称之为

一个梦……

米迪亚：

　　我们的城市很美……

　　［她走开。］

外国人：

　　我发现

　　这个城市与我那遥远的故土

　　惊人相似——正如真相和极度幻想如此雷同……

第二位客人：

　　相信我，

　　这个城市是城中至美。

　　［仆人送上咖啡和红酒。］

外国人［手里拿着一杯咖啡］：

　　我惊叹这城市空间宽阔，地洁水净，

　　空气清新；在这里，音乐之声

　　格外动听；房屋、灯光、石头拱门，

　　无边无际，俊朗外形，

　　充满建筑之美，有如最幸福的叹息

　　一直延伸到深深的沉寂……

　　我还惊叹来来往往的行人

　　永远迈着欢快的步子；残疾人没有踪迹；

　　脚步声、马蹄声，有如天籁回荡；

　　雪橇滑道贯穿白色的广场……

　　他们说，国王仅凭一己之力，成就这一场……

第二位客人：

是的，此乃国王一人之功。艰难时光

不再，一去不复返。我们的国王——

一位戴面具的巨人，身披斗篷，如烈焰熊熊——

强力夺权，就在那一年

最后一拨反叛浪潮消减。

阴谋被发现：其成员

被横扫一边——顺便说一句，

米迪亚的丈夫也在其中，这本不该提起——

发配到遥远的矿场，

依法永远不能返乡；

我说的是成员，因为主要头目，

他们那位无名领导者，踪迹全无……

自那以后，全国一片安宁。

丑恶、沉闷、流血——不见踪影。

纯洁的科学达到巅峰，

然国王深知历史之美，

他保护诗歌，这是逝去岁月涌动的

激情——战马、船帆和美乐

古声——除了这一切，

还有带电的飞禽，

穿过透明的空气……

但迪里奥：

在过去的日子里，

人们按不同的样子建造飞行器：

它们有时展翅高飞，

闪亮的推进器阵阵轰响，

汽油爆炸，向空荡的天空喷发

一股茶叶气味……对不起，

我们的谈伴去了哪里？……

第二位客人：

我没注意

他是怎么消失的……

米迪亚［走过来］：

嗨，

舞会要开始了……

［埃拉进来，加纳斯随后。］

米迪亚：

埃拉来了！……

第一位客人［对第二位客人］：

那个黑脸摩尔人是谁？真像稻草人！

第二位客人：

想想，他竟穿皮大衣！

米迪亚：

你真是光彩照人……飘然如仙……

你父亲怎么样？

埃拉：

老样子：发热。

喂，可记得我跟你说过？——
我们的悲剧英雄……我求他留着
妆头……这是奥赛罗……

米迪亚：

很好！
克莱恩，过来……告诉小提琴手
开始演奏……

［客人们陆续进入大厅。］

米迪亚：

莫恩先生怎么没到？
真搞不懂……但迪里奥！

但迪里奥：

我们要学会爱上期待，
期待是进入黑暗的一段路程。
猛然有了光亮，是一跤跌进
快乐的光亮，然后，路到尽头……
啊，音乐！请允许我
挽上你。

［埃拉和克莱恩走过来。］

埃拉：

你有心事？

克莱恩：

你的那位陪同是谁？那个黑脸陪同

是谁?

埃拉:

克莱恩,一个没有恶意的戏子。喂,
你吃醋了?

克莱恩:

不,不,不。
我的新娘,我知道你对我忠实……
噢,上帝!进入你,噢,进入,
如同进入一把紧绷而炽热的
剑鞘,透视你的血液,深入
你的骨髓,了解,把握,碰触,
用我的双掌紧握你的存在!……
听着,快来,从现在到春天,
到我们结婚那一天,还如此遥远!……

埃拉:

别,克莱恩……你答应过的……

克莱恩:

噢,到我这儿来!让我破墙而入!
不是我,而是我饥饿的天才在求你,
它被你折磨,在灰烬中扭动,
蜷起翅膀,恳求……噢,你可懂,
不是我在求你,不是我!瞧——
缪斯紧绞双手……一阵风

刮进奥林匹亚花园……飞马①的双瞳

充满血丝和黎明之光……埃拉,你来吗?

埃拉:

别问,别问,我害怕,我欢喜……

你知道,我只是一座白色的桥,

只是激流上一座脆弱的桥……

克莱恩:

那就明晚——十点整——你父亲

上床早。就十点,好吗?

［客人们走过来。］

外国人:

那么你觉得

这个城里谁最快活?

但迪里奥［吸一口鼻烟］:

当然是我……我像研究科学法则

那样推导幸福,确定幸福……

第一位客人:

我想纠正一下,在我们这个城市

人人都会如此回答:"当然是我!"

第二位客人:

不,有一个人不快活,

---

① 原文为 Pegasus,希腊神话中的佩加索斯,其蹄在赫利孔山上踏出希波克里尼灵感泉的飞马,生而有翼。

那个阴险的反叛者,姓名尚无着落,
他还逍遥法外。他住在某处,
就在此刻,他知道自己犯下罪恶……

女士:
那边那个可怜的黑人也不快活。
他想用自己惊人的衣着
让人人大吃一惊,可没人
在意他。笨手笨脚的奥赛罗
坐在角落里,郁闷地喝酒……

第一位客人:
……他的目光东闪西躲。

但迪里奥:
那么,
米迪亚怎么想?

第二位客人:
瞧,那个陌生的家伙
又消失喽!他好像
从我们中间走过,溜到帘子后……

米迪亚:
我想,他们中最快活的是国王……
啊,莫恩!
[莫恩先生笑着进来,后面跟着艾德明。]

莫恩 [边走边说]:
太好了,快乐的人哦!……

众人：

  莫恩！莫恩！

莫恩：

  米迪亚！问候你，米迪亚，
  光彩夺目的女士！让我握你的手，克莱恩，
  你这个大嗓门的疯子，你火红的魂灵！
  啊，但迪里奥，你这快活的蒲公英……
  音乐，音乐，我要的是天籁之音！……

众人：

  莫恩来了，莫恩！

莫恩：

  太好了，快活的人哦！
  什么样的雪，米迪亚……什么样的雪！
  像鬼魂的吻一样冰凉，像你睫毛上的泪水
  一样火热……音乐！音乐！这位
  是谁？来自东方的使者？

米迪亚：

  一个戏子，埃拉的朋友。

第一位客人：

  在您来之前，
  我们正想确定，在这城市里
  谁最快活；我们觉得——是国王；接着
  您进来了；我想，您定是第一快活……

莫恩：

  快活是什么？天神扇动的翅膀。

快活是什么？唇上的一片雪花……

快活是什么？……

米迪亚［轻声地］：

喂，你为何

如此晚到？客人就要告辞：

似乎我的爱人故意晚到

为的是向他们道别……

莫恩［轻声地］：

我的爱，请原谅：

工作……我一直挺忙……

众人：

跳舞！

跳舞！

莫恩：

埃拉，能不能跳一曲……

［客人们进入舞厅，只剩下但迪里奥和加纳斯。］

但迪里奥：

我看奥赛罗在想念苔丝德蒙娜。

噢，这家伙叫这个名号……

加纳斯［朝莫恩那边瞟了一眼］：

真是个热情奔放的

绅士……

但迪里奥：

能怎么办呢，加纳斯……

加纳斯：

　　你说什么？

但迪里奥：

　　我说，你离开威尼斯

　　很久了吧？

加纳斯：

　　别吵我，求你……

　　[但迪里奥去了舞厅，留下加纳斯蜷缩在桌旁。]

埃拉[脚步轻快地进来]

　　这里有人吗？

加纳斯：

　　埃拉，这让我

　　难受……

埃拉：

　　怎么啦，亲爱的？

加纳斯：

　　有些事我不太明白。

　　这憨死人的妆头好像

　　要扯裂我的心脏……

埃拉：

　　我可怜的摩尔人……

加纳斯：

　　你说过………从前我很快活……

　　你说的是真话，没有错？

埃拉：

　　来吧，

　　笑一笑……听，小提琴的弦弓

　　在舞厅那边欢快地演奏!

加纳斯：

　　会不会马上结束，这场梦?

　　它五味杂陈，无比沉重……

埃拉：

　　是的，很快，很快……

　　［加纳斯走进舞厅。］

埃拉［独自地］

　　真怪……我的心霎时大喊：

　　为了让这个男人快乐，我愿奉献

　　全部身心……一阵轻风

　　吹拂而过，此时我觉得可以

　　去干最低贱的活儿。可怜的摩尔人!

　　我真傻，为什么把他带来?

　　先前我丝毫没在意——只在此时，

　　终于发现某个回响的秘密

　　声音把米迪亚

　　和行动敏捷的莫恩联系在一起……

　　我为他感到妒忌，这真是令人不解……

但迪里奥［出来，找人］：

　　你

看到没有？那个老外是否经过这里？
埃拉：
我没看到……
但迪里奥：
真是个怪异的家伙！
像影子一样溜走……我们刚刚
还和他聊着……
［埃拉和但迪里奥下去。］
艾德明［把米迪亚领到椅子前］：
米迪亚，你今晚没跳舞？
米迪亚：
你们，
像平时那样神神秘秘，一声不吭——
也许你可以告诉我
莫恩整天都在做什么？
艾德明：
这有何关系？
不管他是商人、学者、
艺术家、武士，还是激情满怀的男人——
对你来说不都是一样吗？
米迪亚：
那你呢？
你自己是做什么的？打住——别老耸
你的肩膀！艾德明，和你说话

实在无聊……
艾德明：
我知道……
米迪亚：
告诉我，莫恩在这里时，你独自
待在窗户下，站岗，之后和他离开。
友情归友情，不过这样……
艾德明：
我喜欢这样。
米迪亚：
难道没有一个女人——是谁我们尚且不知——
莫恩在这里时，你更愿意和她共度
良宵，而不愿笼罩在他人幸福的
虚影之下？……真傻——
你脸色发白了……
［莫恩进来，一边擦着额头。］
莫恩：
幸福是什么？
克莱恩跑过我身旁，像风一样，
把埃拉从我身边拉走……
［对艾德明］
朋友，快活起来吧！
你的脸拧得那么难看，好像
要打喷嚏……去跳舞吧……

[艾德明退下。]

……啊，我的米迪亚，你和幸福
如此相像！别，别动，别毁掉
你夺目的光彩……我幸福得发冷。
我们身处一波乐曲的高潮……等等，
别说话。此时此刻就是
两个永恒的巅峰……

米迪亚：

两月时光匆匆而过，
相识那日如在眼前。那一天
神秘的艾德明把你带到我眼前。那一天
你用犀利的目光将我征服，
那目光来自深邃的双眸。其中蕴藏强大的力量，
瞳孔周围星火辉映，那是黄色的光芒……
有时我觉得，你走在街上，
仅凭轻轻一瞥，
就可以在行人身上
激发出任何你之所想：幸福、智慧，
激情迸发……我是这么想——
不过别笑：我的灵魂凝望
你的双眸，像孩童沐浴着闪光的严霜，
出于嬉戏，去舔云纹金属，
结果舌头被紧紧粘住……
告诉我，你整天都在干什么？

莫恩:

  而你的双眸——不,让我看看——

  微斜,轻滑如缎……啊,亲爱的……

  我能否亲亲那玉项绽放的光彩?

米迪亚:

  等等,小心——那位黑人悲剧演员

  在看着我们呢……客人很快就要道别……

  耐心些!

莫恩〔笑了〕:

  好吧,这不难做到:

  如果整晚这样,我会烦你的

  不过……

米迪亚:

  别开这种玩笑,我可不高兴……

  〔音乐渐弱,客人们离开舞厅。〕

但迪里奥〔对外国人〕:

  你到底跑去哪里?

外国人:

  我醒了。冷风把我吹醒。

  它撼动窗棂,

  我难以再次入眠……

但迪里奥:

  你的话让人

  难以置信。

莫恩：

　　啊，但迪里奥……

　　我还没机会和你聊上一聊……

　　你又收到什么新东西？什么样的

　　生锈螺钉？什么样的珍珠手镯？

但迪里奥：

　　收获

　　很糟。不久前我发现一只鹦鹉，身子红火——

　　个头大，瞌睡多，尾巴有根深红

　　羽毛——我在一家小店发现的，

　　它坐在那里，回忆烟雾缭绕的

　　热带小河……我本想

　　买下，可家里有了一只猫——这两个

　　神秘的漂亮家伙没法

　　和睦共处……于是我每天都去欣赏它：

　　它是鹦鹉圣人，它不说话。

第一位客人［对第二位客人］：

　　该回家了，瞧瞧米迪亚，

　　我想她微笑是为了掩盖哈欠。

第二位客人：

　　别，等等，他们又拿酒来了，我们喝吧。

第一位客人：

　　可这真是无聊……

莫恩［打开酒瓶］：

　　嘿！你这广大无边的木塞，

飞到五彩天堂!

迸发吧,泡沫,混沌的泡沫,喷涌,流淌……

哇……就在造物主的五指之间。

客人们:

为国王干杯!为国王干杯!

但迪里奥:

莫恩,你怎么样?

你不喝吗?

莫恩:

当然喝。我们把

生命献给国王,可喝酒嘛——到底

为什么喝呢?

外国人:

为这个幸福的王国干杯!

克莱恩:

为银河干杯!

但迪里奥:

这酒会让星星在我们

脑袋里流动、飘荡……

埃拉:

万宗归一,

为火红鹦鹉干杯!

克莱恩:

埃拉,为我们的"明天"干杯!

莫恩：
　　为这家的女主人干杯!
加纳斯：
　　我想问一问……
　　还不是太清楚……我们可否为
　　这家的前主人干杯?
米迪亚 [杯子落下]：
　　天啊，
　　全洒在衣服上了。
　　[停下。]
第一位客人：
　　撒上盐。
但迪里奥：
　　俗话说：
　　幸福的泪水能立刻
　　冲走所有的污垢……
米迪亚 [轻声对埃拉]：
　　瞧，你这位戏子
　　想必已经喝醉。
　　[她擦拭衣服。]
莫恩：
　　我读过一本古书——
　　嗯，但迪里奥，你博览群书——
　　就是，上帝造世时开了个玩笑

可时辰有误……
但迪里奥：
我记得，就是这本书，
还说到，对一所房子来说，
客人如空气一样必不可少，
不过，如果吸进的空气没有释出——
你就会脸色发紫，一命呜呼。所以，米迪亚……
米迪亚：
什么！这么早？
但迪里奥：
该走了，该走了，我的猫
在等着呢……
米迪亚：
一定再来啊……
第一位客人：
可爱的米迪亚，我
也该走了。
米迪亚：
真遗憾！
你该留下……
埃拉［轻声对加纳斯］：
求你，
也走吧……你可以明天早上
来看她……她累了。

加纳斯［轻声地］：

　　我……不明白？

埃拉［轻声地］：

　　一个人要是疲惫不堪，

　　团圆的快乐夫复何在？

加纳斯［轻声地］：

　　不，我要留下……

　　［移到圆桌旁的暗处。此时，客人们在道别。］

外国人［对米迪亚］：

　　我不会

　　忘了对您的迷人城市的记忆：

　　童话越是接近实际，

　　便越显魅力。不过我担忧……

　　隐形的动乱正在这里积聚……在

　　华丽的背后，在镜子里，我已感其力……

克莱恩：

　　米迪亚，别听他的！他只是

　　偶尔路过。十足的巫师！我碰巧

　　知道他不过替一个商人当差……

　　带着外国商品的货样到处跑……

　　不是这样吗？他开溜了！

米迪亚：

　　真可笑

　　他是……

埃拉：

　　米迪亚，再见……

米迪亚：

　　干吗这么狠心呀？

埃拉：

　　真不是……我只是有点累……

艾德明：

　　我也

　　要走了……晚安。

米迪亚：

　　傻家伙！

　　［她笑了。］

第二位客人：

　　再见。

　　如果客人真的像一丝空气，

　　那么我离开，如同一次短暂悲伤的叹息……

　　［除了莫恩和加纳斯，所有的客人都走了。］

米迪亚［站在门口］：

　　下周见。

　　［回到客厅中央］

　　啊，终于走了！

莫恩：

　　嘘……

　　还有人哪……

［指了指加纳斯，他坐在那里，毫不起眼。］

米迪亚［对加纳斯］：

我说呀，你没走，

比其他客人好多了……

［她在他身边坐下。］

告诉我，

你在哪儿演出？你吓人的装束

很棒……你和埃拉很熟？

一个小孩……像风一样……如一泓清池……

克莱恩爱上了她，他有着

男人的喉结，马鬃般的头发——

一个糟糕的诗人……不，不止，是可怕。

你是一个百分百的阿拉伯人……莫恩，不要

偷偷吹口哨……

莫恩［在屋子另一头］：

你的这座钟

真漂亮……

米迪亚：

是的，又老又旧……

可奏出的钟声如清脆溪流……

莫恩：

好啊……钟有点慢，是吧？

米迪亚：

是的，是吧……

［对加纳斯］

你呢……你的家

离这里远不远？

加纳斯：

近，就在附近。

莫恩［站在窗前，打哈欠］：

什么样的星星……

米迪亚［紧张地］：

街道肯定很滑……

从早上开始，风雪飞卷……

今天我在溜冰场……莫恩手舞足蹈

像鸟儿在冰上扑腾翅膀……那盏枝形吊灯

怎么亮了起来，莫名其妙……

［她走过去，对莫恩轻声说］

瞧，他醉了……

莫恩［轻声地］：

是的，让埃拉折腾的……

［朝加纳斯走去］

很晚了！

该回家了。奥赛罗，该走了！

你听到了吗？

加纳斯［嗓音粗重地］：

呃，我能说什么呢……

我不敢留你们……走吧……

米迪亚：

 莫恩……我害怕……

 他声音粗粗的,像在掐人脖子!……

加纳斯［站起来,走过来］**：**

 够了……我要显出原本的声音……够了!

 我没有力量继续等待。

 臂铠脱下!

 ［对米迪亚］

 你熟悉

 这手指吗?

米迪亚：

 啊,莫恩,你得走了。

加纳斯［激动地］**：**

 你们好啊!不高兴了?就因为我——

 你的丈夫!从死人堆里冒出来!

莫恩［平静地发话］**：**

 的确是冒出来。

加纳斯：

 你还在这里吗?

米迪亚：

 不要!

 我求你们两个!……

加纳斯：

 该死的花花公子!……

莫恩：

　　你的黑色臂铠

　　吹出激昂的口哨，我高兴。

　　我将与之呼应……

米迪亚：

　　啊！……

　　［她跑到舞台背面，朝壁龛跑去，猛地打开窗子。莫恩和加纳斯挥拳互殴。］

莫恩：

　　桌子，

　　你会打翻桌子的！……好个风车！……

　　别老是乱挥胳膊！桌子……

　　花瓶！……我知道会这样……哈哈！

　　别挠痒……哈哈！……

米迪亚［冲着窗外大叫］：

　　艾德明！艾德明！艾德明！……

莫恩：

　　哈哈！妆头掉了！……瞧，撕破

　　地毯了！……继续！别喘气，别乱吼！……

　　打得再干脆些！这是逗号

　　还有，句号！

　　［加纳斯瘫倒在一个角落。］

莫恩：

　　笨蛋……他弄散了我的领带。

艾德明［持枪冲进来］：

　　出什么事了？

莫恩：

　　只是挥了两下拳头；第一下

　　叫"勾拳"，第二下叫"左刺拳"。

　　嗯，顺便说一下，这位绅士是——

　　米迪亚的丈夫……

艾德明：

　　他死了？

莫恩：

　　不像……

　　小心，他要醒了。啊，欢迎

　　醒来！这是我的助手，为你效劳……

　　［他发现米迪亚不省人事地躺在舞台后方的窗子旁。］

　　噢，天哪！我可怜的爱……艾德明……等等……

　　是的，去叫人……噢，我可怜的爱……

　　你不该，你不该……真的……

　　我们只是闹着玩儿……

　　［两个女仆冲进来：她们和莫恩在舞台后方侍候米迪亚。］

加纳斯［笨拙地站起来］：

　　我……接受……这个挑战。

　　可怕……给我手帕……或别的什么……

　　真可怕……

　　［擦脸］

两人十步之隔，由我开

第一枪……依法：我是受辱的一方……

艾德明［狂乱地四下张望］

喂……等等……您会觉得这奇怪……

可我必须……请求您……拒绝这次决斗……

加纳斯：

什么意思？……

艾德明：

如果您愿意，我愿

取代他……面对您的子弹……我准备好了……

如果您愿意，就现在……

加纳斯：

我真的

受不了了。

艾德明［轻声地、迅速地］

那么，我就食言了！……

我向您坦白……职责所在……

但您得向我发誓，以蔑视、真爱、

或憎恨的名义，什么都可以，

绝不说出这可怕的秘密……

加纳斯：

……对不起，这是什么秘密？

艾德明：

听着，我告诉您，他——这个人——

他是……噢,我不能!

加纳斯:

快说!

艾德明:

噢,管他呢!他是……

［他对加纳斯耳语。］

加纳斯:

撒谎!

［艾德明耳语。］

不,不……不可能!……啊,上帝……

我该怎么办?

艾德明:

您必须拒绝!

别无他法………拒绝!……

米迪亚［在舞台后方对莫恩］:

我的快乐,

别离开我……

莫恩:

等等……就让我……

加纳斯［坚定地］:

不!

艾德明:

我为什么要食……

莫恩［走上前］:

这么说，你决定了？

加纳斯：

是的，我们已经决定了。不过我算不上杀手：
让我们像抽取最短的稻草①那样决斗。

莫恩：

很好……已经有了解决之法。明天
我们确定细节问题。再见。
我想补充一句，决斗不要
告诉女士。米迪亚难以承受。
永远不要说。艾德明，我们走。

［对米迪亚］

米迪亚，我走了……安心吧……

米迪亚：

等等……我害怕……
什么结果？

莫恩：

没事。我们和解了。

米迪亚：

喂，把我从这里带走！……

莫恩：

你的双眸

---

① 原文为 à la courte paille，可能来自一首法语儿歌《从前有一艘小船》，该词组出现的诗节如下：大家抽取最短的稻草，来知道谁被吃掉，哦哎！哦哎！

像秋天的燕子，在哀求：

"往南……"让我走……

米迪亚：

等等，等等……

你泪里含笑！……

莫恩：

是彩虹含笑，米迪亚！

我很幸福，因为我的幸福

四处流淌，闪着光芒。

再见——艾德明，我们走吧。再见，一切正常……

［莫恩和艾德明离去。间歇。］

加纳斯［慢慢走向米迪亚］：

米迪亚，这一切是怎么回事？噢……说点什么——

我的妻子，我的欢乐，我的疯狂——我等着……

告诉我这是一个玩笑，一场喧闹的、糟糕的

化装舞会，在舞会上，一个穿礼服的绅士

揍了一个化了装的摩尔人……笑一笑！因为我

在笑……我很快活……

米迪亚：

我真不知道

该怎么跟你说……

加纳斯：

只说一句话；我愿意

相信一切……一切……空洞的妒忌
淹没了我——不是这样么?——
就像一个人在海上长久颠簸,
又在港口痛饮。噢,说点什么……

米迪亚:
听着,我会解释的……你离去——我只
记得这么多。老天知道我有多难过。
你的物什让我想起你,它们散发出你的气息……
我生了病……不过慢慢地,对你的记忆
失去了原有的温馨……在我心里
你变得冰冷——你还活着,不过
已是无形无状。然后你变成
一片透明,一个熟悉的鬼魂;
最后,更加模糊、消散,你悄悄
离开我的心……我以为——我心已死……
永远不活。后来,我的心
恢复生机,燃起灯火。我渴望
生活,渴望呼吸,渴望旋转起舞。
遗忘给予我自由……可现在,
突然地,你从死人堆里回来,现在,
突然地,你一下闯入对你如此陌生的
生活……我不知道该对你
怎么说……我该对一个恢复人形的
鬼魂说什么?我真的不知所措……

加纳斯：

　　最后一次
　　我看到你的脸是在铁窗后。
　　你挑起面纱，擦了擦鼻子——
　　用的是一条皱巴巴的手帕——像这个，
　　像这个……

米迪亚：

　　该怨谁呢？你为什么要离去？
　　为什么要打仗——把幸福抛弃，
　　对抗情火与真理，对抗国王？……

加纳斯：

　　哈哈……国王……噢，天呐……国王！……
　　这真是疯了……疯了！……

米迪亚：

　　你吓着我了——
　　别那样子笑……

加纳斯：

　　没什么，过去了……
　　整整三夜我睡不着……累极了。
　　整个秋天我四处流浪。明白吗，
　　米迪亚，我逃跑：我受不住
　　对我的惩罚……我开始熟悉
　　黑夜无休止的追逐。我饥肠辘辘。
　　这我也不能对你说出……

米迪亚：
　　……所有这一切
　　只为要涂花你的脸，之后……
加纳斯：
　　可我想让你开心！
米迪亚：
　　……之后
　　挨揍，像喝醉的傻瓜
　　在角落翻滚，
　　原谅作恶者的一切，
　　把侮辱说成恶作剧，
　　在我面前作践你自己……
　　恶心！拿这个枕头，闷死我！
　　因为我爱上别人！……闷死我！……天，
　　他能做的只是哭……够了……我累了……
　　走吧……
加纳斯：
　　米迪亚，原谅我……我原本不知道……
　　似乎有四年时间，我在一扇门前偷听，
　　进去——却没看到人。
　　我会离开，只要让我看到你……一周一次，
　　别无他求……我住在特拉门斯那里。就是
　　不会离开……

米迪亚：

> 别抱着我的膝盖!
> 走吧……别折磨我……够了——
> 我要疯了!……

加纳斯：

> 别了……别生气……
> 原谅我——因为我不知情。把你的手
> 给我——不,只是说再见。我的样子
> 一定很难看——我把妆头弄花了……呃……
> 我走了……躺下……天要亮了……
> ［离开。］

米迪亚：

> 傻瓜!

落幕

第二幕

特拉门斯的房间,他的姿势和第一幕第一场一样。加纳斯坐在桌旁,摆开纸牌。

特拉门斯:

虚空的极乐……虚无……
我要不断向你絮叨,直至
你用颤抖的双手用力紧抱
爆炸的脑袋;直到我用毁灭之梦的雷声
震聋你的灵魂!……
无所事事折磨着我,不过我知道
我窒息的意志如水,一滴滴
落在罪人的头上,
孕育出疯狂,
啃啮他的头壳,噬穿他的理智;
像水,滴滴穿石,
渗进大地火热的肠道,
触动火山的喷发——
大地的疯狂……虚无……
虽然我已爱上暮光,

我仍须活下去，忍受生活的叮蜇，
为的是带给人民永恒之死的
快乐——不过，我坚强的灵魂没有哭嚷，
哪怕它被钉在人骨十字架上，
被打入存在这一可怕的黑暗
墓地①中……加纳斯，你脸色发白……
别再摆弄这些纸牌，别再抓挠你那
一头乱发，别再瞟那钟啦……
莫非你有什么害怕？

加纳斯：

我求你，安静！现在差十五分……
真受不了！那钟脚步真沉，
像驼背，像孤儿寡母
跟在灵车后，走向坟墓……

特拉门斯：

埃拉！我的药！

加纳斯：

特拉门斯……别，别让她进来！
噢，天哪！

［埃拉拽着披巾，懒洋洋地进来。］

埃拉：

这儿真冷……不知道

---

① 原文为 Golgotha，各各地，指基督被钉死之地，位于耶路撒冷附近，后指受难的场所或墓地，转喻遭受巨大痛苦的地方或时刻。

那钟走得准不准……
［看了看墙上的钟。］

特拉门斯：

你是什么意思？

埃拉：

没事。
奇怪：炉火燃着，可还是冷……

特拉门斯：

我的冷，
埃拉，这是我的冷！我感到生活的冰冷，
不过等等——我将释放如此的热火……

加纳斯：

真受不了！埃拉，别咣当地晃
那玻璃瓶子……求你了，不要……
我要说什么？哦，是的：
那天你答应给我
一个信封和一张邮票……

特拉门斯：

……印有面具人的……

埃拉：

我去拿。这里冷飕飕的……也许
是我的幻觉。我一整天都打哈欠……
［离开。］

加纳斯：

你说什么？

特拉门斯：

 我说那张邮票

 印有我们高贵的……

加纳斯：

 特拉门斯，特拉门斯，噢，

 你要是明白就好了！不是的。听着，我

 故意要埃拉……你得把她打发走，

 随便哪里，就一个小时……他们就要

 来啦：我们约好在十点钟，

 你自己核对了决斗书……我求你，

 让她去跑跑腿……

特拉门斯：

 加纳斯，正相反。

 让她学学。让她懂得害怕和勇敢。

 死亡这一奇观值得天神观看。

加纳斯：

 特拉门斯，你是个魔鬼！我怎么可以，

 在她童真目光的注视下……噢

 特拉门斯，求求你！……

特拉门斯：

 够了，这是我计划的一部分。

 今天，我将揭开这一凶暴狂欢的序幕。

 你的对手——他叫什么名字？

 我没记住……

加纳斯：

  特拉门斯！我的朋友！只有六分钟了！

  我求你了！他们来了……我可怜的是

  埃拉！

特拉门斯：

  ……你的对手不过是华而不实的傻瓜，

  昙花一现；不过他要是揪住死亡

  白色的小耳朵，从铁拳下拽出来，我将

  无话可说：这个地球上一个低劣的灵魂……噢，

  多想睡觉……

加纳斯：

  五分钟，只有五分钟了！……

特拉门斯：

  是的：这是我上床的钟点……

  ［埃拉返回。］

埃拉：

  给，拿着。我差点儿找不着……

  我的脸像朦胧的水母，

  从半昏半暗中漂浮上来，与自己相遇，

  镜子像黑水……我的头发久已不梳

  乱七八糟……我——一个新娘，

  我——一个新娘……加纳斯，你可为我高兴？……

加纳斯：

  我不知道……是的，当然，我高兴……

埃拉：

　　毕竟，他是个诗人，他充满才气，
　　不像你……

加纳斯：

　　是的，埃拉……好了，好了……
　　很快，钟就要敲……敲穿我的灵魂……
　　噢，那又有什么要紧！……

埃拉：

　　我能不能问问你
　　一点儿事？你什么也没告诉我，加纳斯——
　　我们离开后出了什么事？加纳斯！
　　呃，嗯——他不作声……你是不是真的
　　生我的气？真的，我不知道我们
　　小小的化装舞会没有如愿以偿……
　　我还能帮上什么忙？也许有人会说闲话——
　　表面甜言蜜语，背后闲话不断——
　　我会搞清楚的。真是个爱生气的傻家伙，
　　他紧咬嘴唇，不愿谅解我……
　　我可以理解……看看我……
　　不跟我说话，真不该。我还能
　　说些什么呢？

加纳斯：

　　那么，埃拉，你
　　想从我这里得到什么？你想谈话？

噢，那就、那就让我们谈吧！想谈啥就谈啥！
谈不忠的女人，谈诗人，
谈精神，谈盲目的勇气和它
遗失的眼镜，谈时尚，谈行星——
悄声说，高声笑，你说我，我说你，
没完没了地闲扯！嗯，
然后怎么样？我开心得很！……哦，上帝！……

埃拉：

别这样！……
你在伤我的心……你不懂。
别这样。啊！钟敲十点……

加纳斯：

埃拉——瞧——
我会告诉你的……我得要你……听着……

埃拉：

那张牌是什么？是双数？

加纳斯：

是的，是双数——
这又有什么关系……听着……

埃拉：

一张八。
我想到一个数字。克莱恩十点钟
会等着。我要是去——一切将会结束。这张牌
说——留下……

加纳斯：

  不——去！去，去吧！

  就是这个意思！听我的！我确信——

  爱情不等人！……

埃拉：

  萎靡不振，无精打采，

  虚寒上身……这真的是爱？

  不管怎样，按你说的做……

加纳斯：

  走吧，赶快，赶快！——趁他还没醒……

埃拉：

  不必，为什么？他会让我去的……

  父亲，醒醒，我走了。

特拉门斯：

  啊……这疼痛……

  这么晚去哪里？别，留下，

  我需要你。

埃拉［对加纳斯］：

  我要留下吗？

加纳斯［轻声地］：

  不，不，不……

  我求你，求你！……

埃拉：

  你……你……真

可怜。

［她顺手披上毛围巾，出去了。］

特拉门斯：

埃拉！等等！见她的鬼……

加纳斯：

她走了，走了……楼下的门咔嚓

关上，像清脆的炸雷……我松了一口气……

［停下。］

十点过了……我不明白……

特拉门斯：

迟到是决斗礼节。抑或

是他变得胆怯。

加纳斯：

还有一条规矩：

不要侮辱别人的

对手……

特拉门斯：

我跟你说：灵魂

肯定害怕死亡，犹如处女害怕爱情。加纳斯，

你感觉如何？

加纳斯：

复仇的冰与火，

我死死盯住无情的恐惧

它那猫样的眼睛：驯兽师知道

他只要把脸转开——猛兽

便会扑将上来。可除了恐惧，还有另一种

感觉，阴沉地监视我……

特拉门斯 [打了个哈欠]：

老是犯困，见鬼……

加纳斯：

在所有的心情中，这种心情

最糟糕……喂，特拉门斯，这封信函——

从邮局寄吧；这是给我妻子的信——

你亲手交给她……噢，如梗

在喉，哦，梗得厉害……镇定……

特拉门斯：

喂，

你看到那张邮票了？我经常感到

双手掐住那个结实的脖子……你得

帮帮我，加纳斯，如果死神放过你……帮帮我……

我们会找到凶猛的雇佣兵……我们要

攻入那阴暗的王宫……

加纳斯：

不要

用你那愚蠢的梦呓分我的心。

特拉门斯，对我来说，这很难……

特拉门斯：

甜蜜的睡眠……

永恒的睡眠……我的睫毛粘在一起。

叫醒我……

加纳斯：

他睡了，睡了……暴躁而盲目！

我要不要跟你明说？噢，他们

迟到太多！期待会杀了我……

噢，上帝！我要不要明说？一切如此简单：

没有会面，没有决斗，只有阴谋……

一声枪响……特拉门斯会亲自下手，

而不是我，他会说我把

造反者铁的责任置于名誉之上，

他会向我表示谢意……走开，走开，

颤抖的诱惑！回答只有一个，

对你的回答只有一个，——轻蔑的回答——

这样做是卑鄙的。啊，来了——他们来了……噢，

门后那无忧无虑的笑声……特拉门斯！

该醒了！时间到了！

特拉门斯：

什么！啊！他们来了？

谁在那里笑？熟悉的小调？……

［莫恩和艾德明进来。］

艾德明：

请允许我介绍莫恩先生。

特拉门斯：

　　乐意效劳。我们见过吗？

莫恩［笑起来］：

　　我记不清了。

特拉门斯：

　　在我半睡半醒时，也许……

　　不过没关系……裁判官在哪里？

　　那个活泼的老头——埃拉的教父——

　　他叫什么名字……哦，瞧我的记性！

艾德明：

　　但迪里奥

　　很快就到。他什么都不知道。

　　这样更好。

特拉门斯：

　　是的，命运有眼无珠。这是个

　　老笑话了。我困得很，请原谅，

　　我不舒服。

　　［两组人：右边炉火旁是特拉门斯和加纳斯；左边是莫恩和艾德明，在阴暗处。］

加纳斯：

　　等等……再等等……

　　我越发虚弱了，没法忍受这……

特拉门斯：

　　噢，

加纳斯，可怜的加纳斯！你是苦难
　　的镜子；噢，把些许温暖
　　吹入你心里，模糊这镜子！瞧，比如：
　　一道暖暖的阴影将你的对手裹住。
　　他盯着我的画，口哨轻轻……
　　我看不清，但他仿佛神色平静……
莫恩［对艾德明］：
　　瞧：一片绿草地，那儿，再过去，
　　黑色油墨绘出冷杉林，金光斜照
　　刺穿两片云彩……
　　夜晚将至……空气回荡，
　　或许是教堂的钟声……蚊蠓成群……
　　啊，去那儿，走入画中，
　　走进那空灵的绿色冥想……
艾德明：
　　你的平静是永生的保证。
　　你真是非凡之人。
莫恩：
　　你知道，我觉得有意思：
　　我来过这里。我觉得有意思，
　　我一直想笑……我那愁苦的
　　对手不敢与我对视。
　　我说过，你不该告诉他……
艾德明：
　　可我想拯救半个世界！……

特拉门斯［坐在椅子上］：
　　你喜欢的是哪幅画？我看不清——
　　是不是死水上的白桦林？
莫恩：
　　不，——
　　是夜晚，绿色草地……谁画的？
特拉门斯：
　　他死了。只剩下冷冷的白骨。
　　一些东西嵌入画中——灵魂，破布……
　　噢，我真不知道自己为什么保存
　　这些画。走开吧，你不能
　　看它们！
加纳斯：
　　噢！有人敲门！不是，
　　是端盘子的。特拉门斯，特拉门斯，
　　别笑我！……
特拉门斯［对仆人］：
　　放在这里。
　　来，加纳斯，喝点这个。
加纳斯：
　　我不想。
特拉门斯：
　　随你便。亲爱的先生们，请不要
　　拒绝。

莫恩：
　　谢谢。告诉我们，特拉门斯，你是
　　什么时候不再画画的？
特拉门斯：
　　自从我成了
　　一个鳏夫。
莫恩：
　　难道你现在不想
　　再拿起画笔？
特拉门斯：
　　听着，我们聚到一起，是要决定生死问题，——
　　这个问题极为重要；这里不宜
　　谈论琐事。我们谈谈死亡。你笑？
　　这样更好；就让我们谈谈死亡。
　　死亡的狂喜是什么？是一种痛，
　　如闪电。灵魂像一颗牙齿，上帝，
　　拧住灵魂，拔出——咔嚓！——结束……
　　接下来是什么？极度的厌恶，然后——
　　虚空，疯狂在旋转——感到成了
　　一颗旋转的精子——然后是黑暗，
　　黑暗——坟墓那软绵绵的深潭，
　　在那深潭里……
艾德明：
　　够了！这比谈论

　　　　一幅糟糕的画还糟糕！行了。
　　　　终于来了。
　　　　[仆人带进但迪里奥。]

但迪里奥：

　　　　晚上好！哦嗬，这里
　　　　真热！特拉门斯，我们好一阵
　　　　没见面了——你深居简出。
　　　　接到你的邀请，我大吃一惊：
　　　　不过他们说，智者邀请蛾子。
　　　　埃拉——给——一盒包装鲜艳的甜李子——
　　　　她喜欢。你们好，莫恩！艾德明，
　　　　你肯定没睡好，脸色发青
　　　　活像一朵幽谷百合！……啊——真的是
　　　　加纳斯吗？我们从前可是老相识。
　　　　你回来了，这应该是个秘密？
　　　　昨天晚上你和我……我怎么知道？
　　　　呃，从烙印，从蓝色编号——
　　　　这儿——你手腕上：你双手紧绞，
　　　　露出了编号。我注意到了，
　　　　我记得，我说过苔丝德蒙娜……

特拉门斯：

　　　　喂，喝酒，吃饼干，埃拉马上
　　　　就回来……你们瞧，我离群索居，
　　　　但开开心心。给我倒点。顺便说一句，

这里有一点意见不合:这些
绅士们想在这里决定
谁来付晚餐钱……以
某位时尚舞蹈家的名义。只要
你……

但迪里奥:
没问题!我很高兴付钱!

特拉门斯:
不,不,
不是那样的……握紧手帕,露出
两头——一头扎好结。

莫恩:
当然,扎了结的那一头看不见。
他是个小孩——你得说清一切!
你这逍遥的蒲公英,是不是还没忘,
有天晚上,我把你固定在街灯顶上:
灯光照透你一头灰色乱毛,
你想扯过一顶粗毛大礼帽
遮过月亮,无比高兴地咂嘴巴……

但迪里奥:
后来,那顶礼帽有牛奶味,
是你恶作剧,我放你一马!

加纳斯:
赶快……我们请求你……

这事必须拿出决议……

但迪里奥：

好，好，我的朋友——

耐心……这是我的手帕。不是

手帕，而是一面彩旗。

请原谅，我转过背去……好了！

特拉门斯：

谁扯出那个结，谁付账。加纳斯，

扯吧。

加纳斯：

没有结！

莫恩：

你走运，一向如此……

加纳斯：

我不能……我做了什么！我不该……

特拉门斯：

他揪住脑袋，嘟嘟哝哝——可不是你——

他才是输家。

但迪里奥：

不好意思，这是什么……

我犯了个错……没有结，

我没扎上结，瞧——不可思议！

艾德明：

命数，命数，命数说了算！

听命吧，这就是结果！我恳求
你们——求你们——大家讲和！
皆大欢喜！

但迪里奥［吸了吸鼻烟］：

那我就要为这顿饭买单……

特拉门斯：

这位艺术品鉴赏家一脸焦虑……命数
的玩笑开够了：给我那块手帕！

但迪里奥：

你什么意思——给你？我要用——
我打喷嚏，——它包过烟草，有点潮；
还有什么——我感冒。

特拉门斯：

那我们来得
更简单些！瞧，用纸牌……

加纳斯［咕哝］：

我不行。

特拉门斯：

快点，用哪副牌？

莫恩：

嗯，我喜欢
红色——生命、玫瑰，还有旭日……

特拉门斯：

好，

我要亮牌了！加纳斯，打住！

真是个傻瓜——他晕过去了！

但迪里奥：

扶住他！——哦，他够沉的！扶住他，特拉门斯，——

我的骨头是玻璃做的。啊，好了——

他醒过来了。

加纳斯：

上帝，原谅我。

但迪里奥：

我们走吧，走吧……

躺下。

［他把加纳斯带到卧室。］

莫恩：

他受不了好彩头

来了又来。来吧，梅花八。

很好。

［对艾德明］

朋友，你脸色煞白？怎么啦？

是要和我的黑色命数

形成无比鲜明的对比？有时

绝望是最棒的艺术家……我

准备好了。手枪在哪里？

特拉门斯：

不在这里，不好意思，

我不太喜欢家里给弄得一团糟。

莫恩：

是的，

你是对的。尊敬的特拉门斯，睡个好觉。

我的房子屋顶更高。枪声

在里面回响更大，明天

黎明到来，而我已不属于它。

我们走吧，艾德明。今晚我在

凯撒宫过。

［莫恩扶着艾德明退场。］

特拉门斯［独自地］：

谢谢你……一股暖流取代

我的冰凉……真愉快，

笑容预示死亡，他眼里闪烁

着必死的光芒！他精神不错，

在演戏……我对演员本身没兴趣，

不过——奇怪——仿佛

这不是我第一次听到

他的声音：就像记得曲调

却忘了歌词；也许只是无中生有：

只是一闪而过的念头——曲调

终会消逝……我满意今天

五味杂存的情景，这些神秘的景象。

是的！我高兴——我的血管里流淌

鲜活的倦怠，一股暖流，一次冰融……好了！
方块五，从袖子里爬出来吧！
我不知道是怎么做的，不过，出于
一时的怜悯，我换了牌，
我抓到的那张——深红色方块——
换成另一张，我亮出的那张。一——二！
梅花八！——对不起——死亡
从葬礼用的丁香花里向莫恩窥望！
而那些傻瓜还在谈什么玫瑰花——
巴掌一翻，手法敏捷——这么快
命数已定。不过我的加纳斯绝不能
知道我抽老千，要不，他肯定
会崩溃而死，这个幸运的家伙……
[但迪里奥从卧室里出来。]

但迪里奥：

他们走了？
可没跟我道别……这个
鼻烟盒是件古董……足有三个世纪
没装烟了——现在又变成了时尚。
可想尝一尝？

特拉门斯：

加纳斯怎么啦？
突然发病？

但迪里奥：

没什么。已把他摁在床上,他嘟嘟囔囔,

双手乱挥,像是要

抓住看不见的过路人的衣服尾巴。

特拉门斯：

别管他——这样对他好。他会明白的。

但迪里奥：

是的,

对灵魂的碾子来说,五谷杂粮都是好料,你是对的……

特拉门斯：

我是别的意思。啊,脚步声,

是我那被爱冲昏了头的埃拉!我知道,

我知道她去了哪里……

[埃拉进来。]

埃拉：

但迪里奥!

但迪里奥：

怎么啦,亲爱的,什么,我的光亮?……

埃拉：

只剩

满地碎片……碎片!他……克莱恩……

啊,上帝……别碰我!别管我……我难受得很……

浑身浸透冰冷的痛苦。撒谎!撒谎!

这绝对不是他们说的欣喜若狂。

是死亡，不是欣喜若狂！我的灵魂被棺材盖
扫过……夹住……很痛……
特拉门斯：
有其父必有其女。让她哭吧。
但迪里奥：
好了……
好了……让我取走那把锁……
你珠泪满面，带雨桃花，
一片微光，你的头发沾湿了雪花……
你在犯傻。没事的。小孩玩耍，
都会擦伤自己——会哭。一旦生活
的裙子飞起来，瑟瑟作响，它会飘过
所有的房间，像年轻的妈妈，
在孩子面前跪下，
笑着，用亲吻消除那创伤……

落幕

第三幕

第一场

　　一间宽大的书房。透过高高的窗户可以看到繁星满天，不过舞台一片黑暗，两个人影［莫恩和艾德明］小心地进来。

莫恩：
　　就这样，结束了，我在凯撒宫过夜！……
　　就这样，结束了，亲爱的朋友……最后一次，
　　我们像两个弑君者，午夜后悄悄地
　　经过秘密通道潜回我的王宫……点上
　　一支蜡烛。蜡要滴了——让它站直些。
　　再来一支……放那边。这胜过一盏明灯！
　　听着，我预见到死亡的可能。
　　这儿，在这张桌子里，在它的橡木
　　和孔雀石深处，一直存着我的材料——
　　契约、计划、法律草案……还有
　　干枯的花朵……我把钥匙交给你。
　　也把这份遗嘱交给你，里面说，
　　美妙而盲目的幻觉突然降临，我
　　决定奔赴死亡。让我的王冠——

像一个绷紧的球被踢到一旁——
让我年轻的侄子抓住它,抱紧它;
让那些灰毛老枭——那些议员,他们
监护他——垂帘听政,
坐在王位上的只是个小男孩,
两腿悬空……绝不能让老百姓
知道这个。让我嵌着盾徽的蓝漆马车
如平常一样
奔过广场,跨过桥梁。我要
做一个幽灵。等我的继承人长大,
我让他揭示我死亡的真相:
他将以一个童话开始另一个童话。
我的斗篷绣着红色火焰,他穿着
会非常合身……你,艾德明,我的心腹知己,
我心思缜密的参谋,用你无形的敏锐
软化权力的棱角,用你的冷静护佑
它的行动……你明白吗?

艾德明:

谨遵钧命……

莫恩:

还有一件事:今天,
我在沉思中写了一道幼稚的诏令,
但于我实有必要——那就是任何人
如成功逃脱流放,

可以因其勇气而获得赦免……
艾德明：
谨遵钧命。
只要您稍作暗示，只要
您的眼皮眨一下，我就会
陪同您进入未知的永恒……
莫恩：
……这些蜡烛也点上，让镜子
充满幻象，充满大风呼啸……我马上
回来。我要去卧房，
在那里，四年了，我火热的国王生涯
在它的丝绒帐幔里吹拂、燃烧；让这王冠
用它钻石的疼痛挤压我的脑袋，在我倒下时
让它从我脑袋上滚下……
艾德明：
我的君主，
我的挚友……
莫恩：
……不用枪，不，不要
用枪！悦耳的炸响！仿佛
一扇门在刹那间开向天堂……
而在这里——弦丝会延长
这乐音！我将给人民留下怎样
一个童话故事！……你知道，黑暗中，

我的膝盖敲在椅子上，有些痛。
［离去。］

艾德明［独自地］：
啊，我如软蜡！……历史将不会
忘记我这样的软弱……我该受责备……
我为什么不冲上去救下他？……站起来，
站起来，我的灵魂！不，沉重的倦怠……
我可以求他、劝他——我知道
可以这样——制止他……为何不动？
仿佛一个人做梦时手脚动弹不得——
我连思考将要发生什么
的力气都没有……这就是——报应！……
小时候，大人不许我进蜂房，
我突发奇想，
母亲死了，而我进出通畅，
大啖清新的蜂蜜，——
哪怕我深爱母亲，为她流泪，心
在颤抖……这就是——报应。
现在，我再次执着于甜美的蜂蜜。一件只有我
目睹的事情，一个将在晨光中引发轰动的事件：
早晨来临，我将传达他不忠的新闻！
我像个被酒精迷糊的罪犯，进门，
说话，米迪亚会哭……我听不清
自己说什么，浑身颤抖，送上温情、

虚伪的安慰，不易察觉地
抚摸她，向她撒谎，为的是
取代另一个人的位置。是的，
撒谎，告诉她——说什么呢？——他那假想的
不忠，在他面前，我们两个——
不过尘土！如果他还活着，
我会保持沉默，至死不说……可现在我的护佑之神
走了……
我将独自一人，贪婪，软弱……死了更好！
啊，多么希望他命令我去死！
燃烧吧，软弱的蜡……呼吸，镜子，
伴着葬礼的火焰……

[他点燃蜡烛，点了很多，莫恩再次进来。]

莫恩：

这是王冠。
我的王冠。瀑布滴滴落在尖刺上……
艾德明，时辰到了。明天你召集
议员……宣布……秘密地……
那么永别了……时辰已到……在我眼前
火柱潮涌而过……是的，听着——
最后一件事……去找米迪亚，告诉她
莫恩就是国王……不，不说国王，
不这么说。你就说：莫恩死了……等等……
不……说：他离开了……不，我不知道！

你最好编个说法,——不过
不是关于国王的……说时声音要
很轻,很软,这是你的风格。
干吗哭成这样?别……起来,
别跪着,起来……你的肩膀
抖得像个娘儿们……别哭,亲爱的朋友……
去吧……到那个房间去:等听到
枪响——再回来……够了,我死得
开心……永别了……去……等等!你
记不记得有一次我们乘夜色偷偷
溜出王宫,有个哨兵向我开枪,
子弹打穿我的衣领?……我们笑起来,
后来……艾德明?他走了……我独自一人,
身边全是燃烧的蜡烛、镜子,
还有霜冻的寒夜……光亮和恐怖……
我与我的良知相伴。那么,这是
手枪……一件古董……六发……我只要
一发……喂,是谁在屋顶上?
是您,上帝?请原谅我世人
不能原谅之事!哪样更好——站着还是坐着?
坐着好些。赶快,不作多想!……
咔嗒——弹药筒,上膛!枪口对准胸口
肋骨下方,这是心脏,差不多。
打开保险栓……胸膛冒出鸡皮疙瘩。

枪口冰凉，像医生用的漆面诊筒：
他吹气进去，他仔细听……
他的秃顶和诊筒
随着胸口上下伏动……
不，等一等！
人们不是这样朝自己开枪的……
这要想得一清二楚……一。二。
三。四。五。六。从椅子
到窗子，六步。雪光闪耀。天上
星光灿烂！上帝，给我力量……
给我力量，我求您——给我力量……
我的城市在沉睡，一切罩在白霜中，
一切裹着蓝色尸衣。啊，亲爱的！……永别了，
原谅我……我为王四年，创造了
一个幸福的时代、和谐的时代……上帝
给我力量……我在嬉戏中轻松治国；
我戴着黑色面具出现在钟声回响的大厅里，
出现在那些冷酷、老朽的议员面前……轻而易举
使他们精神焕发——又离开，笑着……
笑着……有时，我穿百衲衣，
坐在小酒馆里，和酒醉的
粗鲁车夫一起闲扯；一只狗在桌下
摇尾乞食，一个姑娘扯扯我的
衣袖，哪怕我看着像个穷光蛋……

四年过去了,现在,我正当壮年,
却要抛弃我的王国,不得不
从王位跃入死亡——啊,上帝,——都是
因为我亲了一个浅薄的女人,揍了
一个愚蠢的对手!我本可以搞定他……
啊,良知,良知——心狠的天使
躲在思想一隅:思想转身——那儿
没人;它却在身后站起来。
够了!我必须死,必须!啊,要是
不这么死就好了,不是这样,而是死在
世人面前,死在热火朝天的激战中,
高坐汗水淋漓的战马,伴着蹄声隆隆,
发出不朽的呐喊,向死亡致敬,
勇往直前,奔过天空,冲进
天堂的院子,那里听得见
清水四溅,一个六翼天使① 正在刷洗
圣乔治②的骏马!是的,这样的死无比快活!……
可在这里我——孤独一人……只有摇曳烛火——
一个千眼间谍——在多疑的镜子
后窥探……可我必须死!

---

① 原文为 seraph,六翼天使,《圣经·旧约》中有三对翅膀的天使,为九级天使中地位最高者。
② 原文为 St.George,圣乔治,基督教殉教者及英国的守护神,在神话中,他杀死了一条可怕的龙。

没有荣耀——只有永恒
和凡人……这顶王冠又有何用？它深深
嵌入我的太阳穴，该死的东西！丢走！
就这样……就这样……像一团火球，
滚过黑色地毯……快点吧！别多想！
把理智抛入冰水！只要一个动作：
扣动弯曲的扳机……一个动作……
千百次我拧动门把手，
按下门铃……可现在……可现在……
我不知道怎么办！扳机上的手指
软得像小虫……王国于我如何？
勇气又如何？活着，活着，只要活着……啊，上帝！
艾德明！

[走到门前；像孩子一样叫嚷]

艾德明！

[艾德明进来，莫恩站在那里，背对着他。]

我做不到……

[踌躇。]

你为什么
站在那里，为什么看着我？或者，
也许，你认为我是个……瞧，听着，
我会解释的……艾德明，你懂的……我爱她……
我爱米迪亚！我随时准备献出
我的王国和我的灵魂，只要不

和她分离！我的朋友，听着，

不要责怪我……不要责怪我……

艾德明：

我的君主，我很高兴……

您是我的英雄……我甚至不配……

莫恩：

真的？

真的？……那样嘛……我高兴……至上的勇气

不如尘世之爱可贵、强大……虽然你，

艾德明，没有爱上谁……你不明白

男人为了一个女人

会烧掉整个世界……就这样——决定了。

我从这里逃走……除此之外，别无他法。

事实上——我不在乎自己的统治。

无欲则刚。权力已不在。

噢，既然魔鬼已经把我可怜的脑袋上的

王冠融化，我如何还能继续统治？

我将消失……你懂的，我将消失，

我将伴着为王的隐秘记忆

静静走完我奇异的一生。

米迪亚会和我在一起……你为什么不说话？

我不对吗？离开我，米迪亚会死的……

你懂的。

艾德明：

　　我的君主，我只有

　　一个请求：一个苦恼的要求，一桩

　　对祖国不忠的罪过……就算是吧！

　　我恳求您：带上我……

莫恩：

　　噢，亲爱的朋友，你深爱我，你感情至深！……

　　我无力拒绝你……我自己

　　是个罪犯。听着，你是否还记得

　　我是怎么上台的？我蒙面，披着

　　斗篷，站在金色阳台上，——

　　大风吹过，不知怎地，风中带着海洋的

　　气息，斗篷老是滑落，你在后面

　　扶好……可是，我为什么……快点，

　　时间在飞逝……遗嘱在这里……

　　如何修改？……我们怎么办？如何

　　行动？我写道……烧掉！烧掉！

　　幸亏蜡烛亮着。赶快！马上，

　　我另写一份……可怎么写？我脑袋

　　一片空白，鹅毛笔如行水上……

　　艾德明，我不知道。给我建议——我们得快，

　　在日出前做完……怎么啦？

艾德明：

　　脚步声……他们

来了……从走廊……

莫恩：

　　快！

　　灭火！我们得从窗子

　　出去——哦，快啊！我不能碰上任何人……

　　不管发生什么……我该带上什么？是的，

　　手枪……灭掉火……灭掉火……那些

　　材料……

　　那些钻石……对的。快打开！赶快……

　　我的风衣绊住了——等等，好了！跳！……

　　〔他们离开。舞台变黑。一个老人手持蜡烛进来，他仆人打扮，弯腰驼背。〕

老人：

　　好像有人在这里捣乱……

　　烧东西的气味。桌子移位……听见你啦——

　　瞧，他们把王冠扔哪里了。噗……噗……

　　变亮喽……

　　我把你擦亮……那儿——窗扉大开。

　　这可不行……让我在门边听听。

　　〔他睡眼惺忪地走过舞台，听着。〕

　　这家伙睡熟了……主子睡了。因为

　　已经四点了，差不多……噢，我主耶稣！

　　噢，我骨头发痛，痛得很！厨子

　　塞给我一点油膏——说，试试，

涂上一点……试试吵架……我只要这个……
年迈可不是围墙上涂抹的一张丑脸,
你不能就这样一笔勾销……

［他嘟囔着退下。］

落幕

第二场

场景和上一场一样,还是国王的书房,只是地毯多处被扯坏,一面镜子被打破,四个造反者坐在那里。早晨,窗子上的冰霜融掉一块,一片明亮,看得到太阳。

第一个造反者:
西大门依然枪声大作,
枪林弹雨张开怀抱,逮住——
一个灵魂,一阵乐曲,一次玻璃
的脆裂声……烟雾腾腾,从房屋升起,
从上议院的废墟,从钱币陈列馆,
从旗帜陈列馆,从旧塑像
陈列馆升起……我们累了……一整夜——
干活,骚乱……现在肯定过了七点……
这是个怎样的早晨!上议院烈焰熊熊,有如火炬……
我们累了,一脸迷茫……特拉门斯想把我们推向
何处?

第二个造反者:
房屋被毁,如同透风的骷髅,用血肉
和战火裹住自己。死而复活。摩擦双手。

>   暴徒们闯开酒窖，兴高采烈，为炮火
>   欢呼……兄弟们，我不懂，我迷惑，
>   他在计划什么……

第三个造反者：
>   不是这样的，不是这样的，我们可曾
>   想过为祖国谋福祉……我痛惜
>   流放时的不眠之夜……

第一个造反者：
>   他疯了！
>   他下令烧掉飞行器
>   好让那些酒鬼开心！幸好几个
>   无名英雄及时赶到，夺下
>   控制器……

第四个造反者：
>   这纸命令在这里，
>   我正在复制，它是狂暴的儿戏，
>   真可怕……

第二个造反者：
>   安静……
>   他女婿来了……

[克莱恩匆匆进来。]

克莱恩：
>   大好消息！
>   郊区那里，兴奋的人们炸掉

一所学校；书包和尺子散落
操场一地；大约三百个小孩
死去。特拉门斯很是开心。

第三个造反者：

他……
开心！兄弟们，兄弟们，你们听到没有？
他开心！……

克莱恩：

哼，那么，我将告诉领袖
我的消息没能让你们开心……
一切，我将报告一切！

第二个造反者：

我们是说
特拉门斯比我们智慧：他目标清晰。
就像你上次在颂歌里唱的，他是个才子。

克莱恩：

是的。他配得起我歌里
雷霆般的曲调。不过……这阳光……
让我两眼发花。

[他往窗外看。]

啊——那个叛徒在那里，
加纳斯！在士兵中间，站在
关卡那里：他们在笑。他们让他
通过了。他正踏过

融化的雪地。

第一个造反者［看着］：

他的脸色无比苍白！

我们从前的朋友变得如此陌生！

他身上的一切——他的目光，他噘起的嘴唇——

让人想起彩色玻璃窗上的某个圣徒……

他们说他的妻子已经跑路……

第二个造反者：

有个情人吧？

第一个造反者：

我觉得没有。

第四个造反者：

传言是这样的，有一天

他去找妻子，桌上有一张

纸条，说不管发生什么，她已决定

独自返回娘家……克莱恩，

这事为何如此离奇？

克莱恩：

我要报告

一切！你们在这里，像老太婆

嚼起舌头，而特拉门斯还以为

你们在干活……外面还有枪声，

战火需要煽旺，而你们……我要报告

一切，一切……

［加纳斯在门口停下脚步。］

啊！高贵的加纳斯……

最受欢迎的加纳斯……我们在等你……

见到你我们很高兴……请……

第一个造反者：

我们的加纳斯……

第二个造反者：

加纳斯，你好……

第三个造反者：

你没认出我们？

你的朋友们，四年……在一起……流放……

加纳斯：

走开，你们是骗子的雇佣兵！……特拉门斯在哪里？

他要召见我。

克莱恩：

他在审问。

他马上会到……

加纳斯：

哼，我不需要他。

是他请我来的，要是……他不在这里……

克莱恩：

等等，我去叫他……

［他朝门口走去。］

第一个造反者：

我们也走了……

还不该走吗,兄弟们?干吗留在这里……
第二个造反者:
是的,
要做的事还多着呢……
第三个造反者:
克莱恩,我们和你一起走!
[轻声地]
兄弟们,我害怕……
第四个造反者:
过后再复制完……
我要……
第三个造反者:
兄弟,兄弟,我们在做什么……
[克莱恩和造反者们离开。加纳斯独自一人。]
加纳斯[环顾四周]:
……一个英雄曾住在这里……
[停住。]
特拉门斯[进来]:
感谢你来这里,
我的加纳斯!我知道,生活的悲戚
蒙住了你的双眼。你几乎没发现
有一个月了——到今天正好一个月——
我统治着一个充满狂喜的国家。
我找你来,是想让你坦率地告诉我,

解释一下……不过先让一个幸运的家伙
谈谈他的幸福!你很清楚——
加纳斯,比任何人都清楚——我等待
属于自己的日子,伴着谵妄,伴着消沉……
我的好日子来了——不期而至,就像爱情!
谣言如火焰四下蔓延,说这个国家
没有国王……无人知晓,
他何时消失,如何消亡,
谁勒死了他,在哪个晚上,有多久
这片国土由一个死人统治。
不过人民不会原谅欺骗:
地下墓穴、上议院,
遭到愤怒的践踏。老家伙们一命呜呼,
妙极了,干脆极了。他尖声厉呼
——啊,比小提琴激昂的曲调还动听——
那个小男孩,他们的受监护人。欺骗招致
人民的报复, 我逮住机会
突然爆发,却发现等了这么久
是一场空:根本没有国王——只有
一个传说,引人入胜,魅力十足!百姓大众
幡然醒悟,蜂拥而入,死亡的宫殿
只有回声隆隆!……

加纳斯:

你把我

叫来。

特拉门斯：

没错,我们言归正传:

加纳斯,在你身上,我探测到同样的热火;

我只对你一人推心置腹。

可你却被女人折磨得很苦;

现在她走了;加纳斯,我想问你,

最后一次:帮我一把你是否愿意?

加纳斯：

你召我来,这是徒劳……

特拉门斯：

好好想想,

别着急,我会给你一点时间的……

[克莱恩匆匆进来。]

克莱恩：

我的领袖,那些人刚才还在

街上唱歌,现在正遭受拷问……

没有人审问他们……

您的助手们——怎么说呢——感到

阵阵恶心……

特拉门斯：

好吧,就来,就来……你,

我的克莱恩,你人很不错!……我早就知道……

顺便说一句,到哪天,我会

让你吃惊：我会下令吊死你。
克莱恩：
特拉门斯……我的领袖……
特拉门斯：
至于你，加纳斯，
好好想想，我要求你，好好想想……
［特拉门斯和克莱恩离去。］
加纳斯［独自地］：
一个念头挥之不去：一个英雄曾住在这里……
这里的镜子神圣无比：它们注视着他……
他坐在这里，坐在这张宽大的椅子里。他的脚步声
回荡在宫殿里，像一首六音步的诗
在我们的记忆中渐渐逝去……他死在哪里？
枪响在何处销声匿迹？何人听到？
也许在那里，在城市之外，
在悲哀的橡树林里，在风雪之夜里……
他面色苍白的朋友将那火热的尸休
埋葬在飘飞的雪花里……罪过，无法想象的罪过，
我该如何赶走你？情敌死去，
我身心欢喜，然而，
我全部的灵魂诅咒国王的逝去……
我们奸诈，我们盲从——如果只信生活，
将难以存活：世俗的生活
是神圣原型的一个译本，模模糊糊；

思想大致清楚，可原来的
曲调在字词中大半损失……激情是什么？
翻译中的错误。爱情是什么？
是我们不和谐的语言在传输中失去的
韵律……我该回归原初！……
我的字典呢？一本小书，封面上
有个十字架……我要找到坚硬的拱门，在那里，
祈祷者的休憩，灵魂深厚的呼吸
将教给我生活二字
该如何发音……
在门口那里，埃拉停下脚步，
在沉思，她没看到我，
只摸索着耷拉的披肩……我
该对她说什么？她需要温暖……可亲的人……
她没看到我……

埃拉［在一旁］：

真有趣！……我打开、读起
别人的信……那笔迹
像风，有南方的气息……我
重新封好，和父亲给我看时一样，
他面带嘲弄……莫恩和米迪亚在一起！
我怎么给他呢？他以为她
还住在那个穷乡僻壤，
那是她的家乡……怎么给他呢？……

加纳斯［走上来］：

　　你起得早，我也是……埃拉，我们
　　现在很少碰面了：另一场欢宴和你的
　　婚礼碰巧同时举行……

埃拉：

　　早晨——一道蓝色的
　　圣迹——不是早晨……它流淌……轻声细语……
　　克莱恩走了？

加纳斯：

　　他走了……埃拉，告诉我，
　　你幸福吗？

埃拉：

　　幸福是什么？鼓动的
　　翅膀，抑或唇上的雪花——
　　那是幸福……谁说的？我想不起了……
　　不，加纳斯，我错了，你知道……可
　　今天阳光分外灿烂，真的是春天了！
　　万物流光……

加纳斯：

　　埃拉，埃拉，你可曾想过，
　　一个无权无势的造反者的女儿
　　会入住玉殿金宫？

埃拉：

　　噢，加纳斯，我怀念

>我们那间小旧屋，我们平静的生活，那个壁炉，
>那些画……听着：近来我才意识到
>我父亲疯了！我们老是吵架；
>现在互不理睬……
>起初我相信造反……可为何？为造反
>而造反，这既无聊，又可怕——就像夜里无爱的
>拥抱……

加纳斯：

>是的，埃拉，你是真的
>理解了……

埃拉：

>那天，所有广场上所有的人
>仰望天空……大笑，尖叫，
>怒吼……传单纷纷逃离熊熊大火，
>飞向四面八方，像
>水晶燕子聚拢，又像
>闪光的雪花悄然散开。有一片
>落在后面，有一会静静待在
>高塔之上，似乎它已离开
>巢穴，却又不愿跟上那些悲伤
>的伙伴，——它们全部融化，
>成了天上透明的尘埃……它们消失，
>我眼前满是明亮的光圈——
>来自太阳的光明——我明白了，

我恍然大悟……我爱你……

［停住。埃拉朝窗外望去。］

加纳斯：

我想起了！

……埃拉，埃拉！……真可怕！……

埃拉：

不，不，不——亲爱的，别说话，我看

你，我看宫殿的花园，

我看清自己，现在我知道

万宗归一：我的爱和明晃晃的太阳，

你苍白的脸庞和屋檐下滴着水

的明亮冰锥，多孔雪堆如白糖，上面的

琥珀色斑点，明晃晃的太阳

和我的爱，我的爱……

加纳斯：

我想起了：

是十点钟，你离开，而我

本可以阻止你……可又一个罪过，

盲目的，瞬间的……

埃拉：

从你身上，我

什么都不需要……加纳斯，我再不会跟你提起。

现在我告诉你，只是因为

今天的雪如此透明……真的，

一切都好……日子一天天地过……然后
　　我会成为一个母亲……其他的想法
　　会不由自主地困住我。不过眼下，
　　你是我的，就像这太阳！日子会
　　一天天流逝……你怎么想——也许
　　有一天……当你的悲伤……

加纳斯：

　　别问我，埃拉！
　　爱情我甚至不愿去想！
　　我回答得像个娘儿们……请原谅……可我
　　心中燃烧着其他念头，我心里满是其他念想……
　　我一心梦到天使干涩的翅膀，
　　和坚直的眉毛。很快
　　我将去到他们那里——脱离生命，脱离
　　怒火，脱离饥渴的梦想……我知道
　　一个修道院，有清凉的紫藤缠绕。
　　我将在那里生活；透过彩虹玻璃窗
　　我会注视上帝，听着风琴的鸣唱
　　将世俗的灵魂吹到胜利的高度，思想
　　徒劳的伟业，想到一个英雄，他在
　　黑蒙蒙沉睡的桃金娘丛中祈祷，
　　蒙难地[①]的萤火虫将他拥抱……

---

① 原文为 Gethsemane，客西马尼，《圣经·新约》中，耶路撒冷以东橄榄山脚下的一座花园，是耶稣被出卖的地方，喻使人受巨大折磨的事例或地方。

埃拉：

啊，加纳斯……

我忘了……这里，昨天来了一封信……

写给我父亲的，注明是转给

你收……

加纳斯：

一封信？给我的？给我看……

啊！我知道！不要……

埃拉：

那么，我可以

撕掉它吗？

加纳斯：

当然可以。

埃拉：

给我吧……

加纳斯：

等等……

我不知道……那气味……那笔迹，

径直飞进我的记忆里，

飞进我的灵魂里……等等！我不会让它进去。

埃拉：

那就看一下……

加纳斯：

让它进来？看一下？让

旧痛再次复发?
你问过我,你该走吗……现在
我问你,我该看吗?该吗?

埃拉:

我回答:不该。

加纳斯:

正确!瞧!撕成碎片……把这堆
陨落的干枯星星放在这里……桌下……
放在编有盾徽的篮子里……
我的手便有了香味……瞧……完了。

埃拉:

啊,今天天色多么明朗!……春光
透过……鸟鸣。冬雪在融化。
黑色枝头滴滴水珠……
加纳斯,我们、我们去散散步?
你想去吗?

加纳斯:

是的,埃拉,是的!我自由了,
自由了!我们走。

埃拉:

你在这里等着……我去
穿件衣服……马上就来……

[离开。]

加纳斯［独自地，朝窗外看去］：

是的，真的

太棒了；美丽的一天！一只鸽子

在那边飞过……明亮，潮湿……真棒！

一个工人忘了他的铁铲……她像是住在

那边，在她姐姐家，在那遥远的地方……

她可知他的死讯？……走开，你这个

狡猾的魔鬼！因为你，我毁了

我的祖国……够了！我恨这个女人……

回到我身边吧，啊，悔过之曲！

祷告，祷告……我自由了，我自由了……

［特拉门斯和那四个造反者慢慢往回走，克莱恩跟在后面。］

第一个造反者：

特拉门斯，要多加小心，别生气，

可明白，你必须多多留意！

这是一条危险小路……你自己听说过：

酷刑之下，他们反倒会唱国王的颂歌……

唱得更动听，唱得更欢喜……

国王是一个梦……国王在他们心里

没有死，只是暂时沉默……这个梦

收起翅膀——只一会儿——双翅再次鼓动……

克莱恩：

我的领袖，已经八点了，城市已经醒来，

开始骚动……人民呼唤您去广场……

特拉门斯：

来了，来了……

[对第一个造反者]

你说什么来着？

第一个造反者：

我说，一个传说展翅飞翔，

飞向太阳！母亲对孩子悄声讲

这个童话故事……乞丐喝起家酿的

啤酒，说起国王……

你如何能把风放逐？

你太无情，太愤怒。

这是一条危险小路！我们说，多加小心，

没有什么比梦更强大！……

特拉门斯：

我要敲断梦的脖子！你敢教训我？我要敲断它的脖子！

或者，或许对你来说，这个梦更宝贵吧？

第二个造反者：

特拉门斯，你误解我们了，

我们是想提醒你……

克莱恩：

国王什么都不是，只是

一个稻草人……

特拉门斯：

　　够了！走开，你们

　　这群十足的胆小鬼！加纳斯，那么，你……

　　决定了吗？

加纳斯：

　　特拉门斯，真的，别再折腾我……

　　你知道的，我只想祷告，

　　只想祷告……

特拉门斯：

　　走开，快点！

　　我忍受你已经太久……凡事

　　都有个限度……克莱恩，帮他一把——

　　他打不开门，他在拉……

克莱恩：

　　喂，

　　让我——向你这边……

加纳斯：

　　……不过，也许

　　她在叫我！啊！

　　〔扑向一张桌子。〕

克莱恩：

　　等等……平静下来……

　　特拉门斯，您不必，他在……

加纳斯：

  放开！不要

  碰我，明白没有？没有必要

  碰我……篮子在哪里？走开！

  篮子！……

特拉门斯：

  他疯了……

加纳斯：

  这儿……成了碎片……

  在我掌心里……银色的……啊，这潦草的笔迹！

  ［读信］

  瞧……瞧……"我的扇子……寄我……

  他拖垮我"……他是谁？他是谁？这纸片

  乱成一堆……"原谅我"……不是这个。

  也不是那个……有个地址……奇怪……

  在南方……

克莱恩：

  要叫卫兵吗？

加纳斯：

  特拉门斯！……

  喂……特拉门斯！我看问题肯定

  与众不同……看看吧……

  "我不开心"的后面……那个名字……

看到没有？那个名字……你看不出来吗？

特拉门斯：

"昊思和我在一起"——不，不是昊思……"莫恩"，
是吗？莫恩……这看上去眼熟……啊，
我想起来了！真妙啊！这是你
命中注定的！这么说，那个小丑骗了你？
你去哪里？等等……

加纳斯：

莫恩活着，
上帝死了。就是这样……我去杀了莫恩。

特拉门斯：

等等……不，不，别走掉……
我受够了……听到没有？我跟你讲过
分歧，讲过天才——而你……你怎么敢
把化装舞会那一套带到这里来，
唠叨什么生活，闲扯乏味的激情？
等等……我烦透了你把自己的……苦闷——
你的心、被利箭穿过的那颗小小的心，——
置于我的、我的轰轰烈烈的生活之上！
你在这苦闷中活够了！
我妒忌！不，抬起你的脸！
看，看着我的眼睛，就像看一座坟墓。
这么说，你想缓解命运之苦？
别拉我！听着，你还没忘吧，

那个快活的夜晚？那张梅花八？

知道了吧，哼，是我——该诅咒的特拉门斯——你的命数……

埃拉［在门口］：

父亲，别说他了！

特拉门斯：

……你的命数……我怜悯……走吧。喂，来人！他晕过去了——扶住他的胳膊肘！

加纳斯：

走开，你们这些乌鸦！莫恩的尸体——是我的！

［离开。］

特拉门斯：

克莱恩，把门关上，关紧。

有风。

第二个造反者［轻声地］：

我说过有情人……

第一个造反者：

别说话，我害怕……

第三个造反者：

看特拉门斯眉头皱的。

第二个造反者：

不幸的加纳斯……

第四个造反者：

他比我们幸福……

克莱恩［大声地］：

    我的领袖！我斗胆报告。

    人民已经在广场上集合。他们在

    等着您呢。

特拉门斯：

    我知道……喂，跟我来，胆小鬼！

    你们干吗一声不吭？打起精神！

    我要发表演讲，讲的是，明天

    这城市除了灰烬，一样不剩。

    不，克莱恩，你别跟着我们：

    你那脖子老是让人想到绞架。

［特拉门斯和造反者离开，埃拉和克莱恩留在舞台上。］

克莱恩：

    听到没有？你父亲是一个出色的

    玩笑家！我喜欢，有意思。

    ［停下。］

    埃拉，你戴了

    一顶白帽——要去哪里？

埃拉：

    不去，改主意了……

克莱恩：

    我的妻子

    美丽，我没找到时间告诉你

    你真美丽，只能时不时

用我的诗歌颂你……

埃拉:

我不懂诗。

［舞台外面传来尖叫声。］

克莱恩:

听！人群的吼叫……是欢迎的尖叫！

落幕

第四幕

南方的别墅客厅，玻璃门外是露台，通向一座美丽的花园。舞台中央是一张桌子和三把椅子。一个春天的早晨，天气恶劣。米迪亚背对观众站着，朝窗外看去。在某处，一个仆人敲了一声锣。嘈杂声平息，米迪亚没有动，艾德明手拿报纸，从左边进来。

艾德明：
  又没有太阳……你睡得怎样？
米迪亚：
  仰着，侧翻，连
  胎儿的睡姿都用上……
艾德明：
  我们要在
  客厅喝咖啡吗？
米迪亚：
  是的，
  你已经看到了，餐厅太暗。
艾德明：
  消息一天比一天可怕……

这些不是报纸新闻，而是浸透了

死亡的尸衣，弥漫着坟墓的黑暗……

米迪亚：

这些报纸肯定在邮递员的包里给弄湿了。

一早就开始下雨，路面黑乎乎。

棕榈树垂头丧气。

艾德明：

这儿，听一下：

郊区到处起火……暴民打家劫舍

博物馆……他们在广场上燃起篝火……

喝酒、跳舞……处决一个跟着

一个……瘟疫已经进入

这座烂醉的城市……

米迪亚：

你觉得，这

雨很快会停吗？太闷了……

艾德明：

与此同时，

他们暴戾的领袖……你认识他的女儿……

米迪亚：

是的，

我想是的……我记不得了……我无聊至极，

连对自己怎么办心里都没底！

死亡于我是什么？混乱，鲜血。

噢，艾德明，他脸也不刮，
穿着睡衣到处瞎逛，
面色阴沉，喜怒无常，固执倔强……
我们仿佛从一个美丽的童话
跨入最为陈腐的现实……
自从我们在这里住下，陷入这样的泥塘……
他变得更加迟钝，肩膀开始耷拉。
你知道，这些棕榈树总让我想到
富商家的走廊……艾德明，
丢开这些报纸……胡言乱语……你对我
一向非常拘谨，好像
我是个妓女，或是个女王……

艾德明：

根本不是的……
我只是……米迪亚，你不知道自己
在做什么！……噢，上帝，我们还有
什么可谈的？

米迪亚：

我爱他的笑声：
他不再笑……从前我认定
这个快活、敏锐的高个男人
肯定是个艺术家什么的，才华横溢，
因为我充满妒忌的爱，
他才不显山不露水——殊不知

我已经快乐得发抖……现在
　　我明白了,他呆滞、空虚,
　　我的梦想不在他心里,
　　他的光已经熄灭,他对我的爱
　　已然不再……

艾德明:
　　你不能这样
　　怨天尤人……谁可能对你不爱?
　　你是这么的……唉,够了——来吧,笑一笑!
　　你的笑如天使霎时降临……
　　我求你……今天,你连手指都
　　一动不动……它们也不笑……啊,好了!……

米迪亚:
　　有很久了吗?

艾德明:
　　什么很久了,米迪亚?

米迪亚:
　　嗯,有意思……我从没见过你
　　这个样子。是的,实际上,我问过你
　　你在街上
　　站岗是什么意思?

艾德明:
　　我记得,只记得
　　你窗子上的帘子将我心折磨!

你在另一个人的怀抱里飘然而过……

我在暴风雪中哭过……

米迪亚：

你真逗……

头发乱七八糟……让我帮你弄平！

好了。现在我的手指笑了吧？走开……

啊，走开……别……

艾德明：

我的幸福……就让我……

只是嘴唇……只是碰一下……就像摸一摸绒毛，

蝴蝶扑闪的翅膀……让我……幸福……

米迪亚：

不行……等等……我们在窗前……花匠……

…………………………………………………………

米迪亚：

我的小家伙……别这么喘气……等等，

让我看你的眼睛。像这样，再近些……再近些……

我的灵魂只沐浴在

这轻柔的黑暗中，游动……等等……再轻点……

以后吧……哎哟！我的插梳滑掉了……

艾德明：

我的生命，

我的爱……

米迪亚：

你这么小……这么，这么

小……你是个傻乎乎的小男孩……
什么,你觉得我不能那样亲吻吗?
等等吧,你还有时间,因为你和我
将去到一个城市,广大而喧嚣,
将在屋顶上一起用餐……你知道,
在我们身下,在黑暗中,是整座城市,
华灯灿烂;清凉,夜晚……桌布上映照
出玫瑰色酒杯……还有
如痴如狂的小提琴手,一会弓背弯腰,
一会举琴向天!你愿意
带我走吗?愿意吗?啊……慢吞吞……
放开我……是他……走开……
［莫恩先生进来,他穿黑色睡袍,头发蓬乱。］

莫恩:

晚上?白天?我没注意时辰改变。
早上是无眠的续延。
我太阳穴发痛,像是有人将一根
铁锥扎进我脑门。
今天我的咖啡不加奶……
［停下脚步。］
报纸又散落一地!
为什么……艾德明!你不开心……
真怪:我一进门
就看到拉长的脸——

像夕阳投下的阴影……怪哉……

米迪亚：

　　这个春季天气真糟……

莫恩：

　　都怪我。

米迪亚：

　　尽是可怕的消息……

莫恩：

　　这也得怪我，

　　难道不是吗？

米迪亚：

　　城市起火，

　　一切变得疯狂，我不知道

　　该如何收场……他们说国王

　　没死，只是被造反者

　　关在地牢……

莫恩：

　　哦，米迪亚，行了！

　　你知道，我会禁止把报纸

　　带进来。这些臆测让我不得安宁；

　　谣言，流血新闻，还有

　　无聊的流言蜚语。我受够了！相信我，

　　米迪亚，在我面前，你不必显得

　　这么聪明……你可以变得无聊、烦恼，

改变发型，变换衣着，用蓝线

拉长眼睛，多照镜子——只是不要

显得这么聪明……艾德明，你怎么啦？

艾德明［从桌旁站起身来］：

我不能……

莫恩：

他怎么啦？他怎么啦？

你去哪儿？露台很潮……

米迪亚：

别管他。我会告诉你一切。瞧，

我不再瞒你。我和他

已经相爱。我要和他离开，你会

适应的。真的，你不需要我。

我们相互折磨。生活在召唤……

我需要幸福……

莫恩：

我理解——糖碗

在哪里？……啊，在这里。

餐布下面。

米迪亚：

这么说，你不想

听我说？

莫恩：

不，相反——

我在听着……在理解，在领悟，
我还能做什么？你们今天就想
离开吗？

米迪亚：

是的。

莫恩：

我看你该
收拾东西了。

米迪亚：

是的，别催我。

莫恩：

按照离别的规律，
你必须把这句话抛到身后：
"我诅咒这一天……"

米迪亚：

你从未爱过……你从来没有
爱过！……是的，我有权诅咒
不忠的那一天，那一天你的笑声进到
我安静的屋里……你为什么……

莫恩：

顺便问一句，
告诉我，米迪亚，你到这里后
给你丈夫写过信吗？

米迪亚：

我……我觉得——这不值得

向你报告……是的，我给我丈夫写信了。

莫恩：

写了什么？看我的眼睛。

米迪亚：

没写什么，

真的……只说请他原谅，说你

和我在一起，说我不会回到他那里……

说这里下雨……

莫恩：

你写地址了吗？

米迪亚：

我想，是的……叫他把我的扇子寄来……

我忘在那儿了，在家里……

莫恩：

那你是

什么时候寄的信？

米迪亚：

大概两周前。

莫恩：

很好……

米迪亚：

我要走了……我要……我的东西……

［向右退出。莫恩独自一人，透过露台的玻璃门，可以看到艾德明一动不动的后背。］

莫恩：
  很好……加纳斯已经收到信了，
  他会提醒我欠下的债。他会设法
  走出那座疯狂城市的阴霾，走出
  那个被毁灭的童话，嗯，来到灰色的
  南方，走进我空虚、单调的生活。
  不用等久。他肯定已在路上。
  我们会再次碰头，他会给我
  手枪，他脸色苍白，双拳紧握，要求
  我杀了自己，而我，可能
  准备好了：死亡在孤独里长熟……
  我感到
  惊奇……生活这么快就抛弃了我。
  可我断然不能想到我的祖国，——
  否则我终会在地牢里横冲直撞，
  地牢没有围墙，只有加厚的气垫，
  门上挂着疯子的号牌……
  我不相信……还有什么可活的？艾德明！
  过来！……艾德明，你听到了吗？你的手，
  给我你的手……我忠实的朋友，谢谢你。

艾德明：
  我能说什么？我血管里流淌的不是鲜血，
  而是极度的羞愧。我感到你现在看我的
  眼神，肯定像在观看

>那些肮脏的图片，只花两便士，你就可以
>从小孔里一览无遗……我的内心充满
>羞愧……

莫恩：
>不，没事……我只是惊讶……
>死亡是一种惊讶。生活也一样，
>我们有时会感到惊讶：大海，云的
>颜色，命运的转折……好像
>我头朝下倒立。他们说，
>我看事情和幼童差不多：
>尖头朝下，蜡烛的焰火……

艾德明：
>我的君主，我能对您说什么呢？您
>为了一个女人出卖一个王国，我
>为了一个女人出卖一份友情——毫无
>区别……原谅我，我的君主，
>我只是个凡夫俗子……

莫恩：
>而我，我是莫恩先生——
>如此而已；一个虚无的空间，一首没有节奏的
>诗中一个没有重音的音节。
>啊，没人会不忠实于
>这个国王……可——对莫恩先生……
>你们该走了。我已经理解了——这

是报应。我不生气,走吧。

和你说话不容易。只消

一小会儿,就像一个人摇晃

管子里的彩色玻璃,

透过它看一眼——生活已经改变……

再见。祝你幸福。

艾德明:

只要您召唤一声,

我会回到您身边……

莫恩:

我只和你在天堂相见。

不会提前。那儿,在橄榄树的

树荫下,我会把你介绍给布鲁图①。

走吧……

[艾德明离开。]

莫恩[独自地]**:**

好的,结束了。

[停住。一个仆人进来。]

莫恩:

这桌子需要

清理,赶紧……马车

---

① 原文为 Brutus,马库斯·朱尼厄斯·布鲁图(公元前85年—公元前42年),古罗马的政治家和将军,与他人合谋暗杀凯撒。后来与马克·安东尼和屋大维争夺权力,在菲利皮战役中失利自杀。

叫了没有?

仆人:

叫了,先生。

莫恩:

明天早上,

从城里请理发师来——

长小胡子、不爱说话的那个。就这样。

[仆人离开。停住。莫恩朝窗外看去。]

莫恩:

天空

昏暗。花园里花朵颤抖……

人工洞室阴暗:黑暗中,

雨水如丝如线,一路延伸……

现在只剩下一件事:等待

加纳斯。我的灵魂差不多做好准备。

湿湿的草木无比闪亮……雨水颤抖

像老人在打瞌睡……这屋子

倒是睡醒了……仆人忙忙碌碌……

箱子咔嗒作响……她来了……

[米迪亚拎着一个打开的箱子进来。]

莫恩:

米迪亚,

你高兴吗?

米迪亚:

是的。走开,我要

收拾这些……
莫恩：
　　熟悉的箱子：
　　我曾在清晨提过它。脚下白雪咔嚓作响。
　　我们三人匆匆前行。
米迪亚：
　　这些东西装到里面——书，照片……
莫恩：
　　好的……米迪亚，你高兴吗？
米迪亚：
　　中午十二点整有趟火车：我要
　　飞奔到一个陌生的奇妙之城……
　　但愿我有个证明——这可能中断……
　　这是谁的？你的？我的？我不
　　记得，我不记得……
莫恩：
　　千万别哭，
　　求求你……
米迪亚：
　　好的，好的……你是对的。
　　过去了……我不会……我没想到
　　你这么快就让我走，
　　这么情愿……我猛地拉开门……
　　以为你会把门在外面

反锁……我用尽全力把门
　　拉开，——你没有锁，那门
　　一下开了，我向后摔倒……你
　　明白，我掉下去……我眼里
　　黑暗浮动，我以为
　　我会死去——我找不到着落！……
莫恩：
　　艾德明和你在一起，他是幸福的……
米迪亚：
　　我什么
　　都不知道！……只觉得奇怪：我们爱过——
　　这爱一定是去了哪里。我们爱过……
莫恩：
　　这两幅雕版画是你的吧？
　　还有这只瓷狗？
米迪亚：
　　……奇怪……
莫恩：
　　不，米迪亚。
　　和谐中一切都不奇怪。生命
　　是一片无际的和谐。我已经明白这一点。
　　不过，你瞧——有时，门柱饰带上的
　　一点奇想使我们看不清
　　这整体的对称……

你会离去，我们会忘了彼此；
　　不过时不时，一个街名，
　　或黄昏中街上低吟的风琴，
　　都会使我们的回忆更鲜活，
　　更逼真，超过思想或言词
　　对发生在我们之间的
　　重大事情，我们所不知晓的
　　重大事情的回忆……那一刻，灵魂
　　将不可思议地感受
　　从前琐事的魅力，我们会看清
　　永恒中一切皆为永恒——
　　天才的思想，邻居的玩笑，
　　特里斯坦① 被施了魔法的苦难，
　　一闪即逝的爱情……米迪亚，就让我们没有
　　痛苦地分别：也许有一天，
　　你会发现我深沉的烦忧、冰冷的
　　痛苦后无法言说的理由……

米迪亚：

　　起初我猜，在你的
　　笑声下面藏着一个秘密……这么说，
　　真有一个秘密？

---

① 原文为 Tristan，特里斯坦，亚瑟王传奇中的人物，是一个骑士，爱上了与他的叔叔康沃尔国王马克订了婚的爱尔兰公主伊休尔特。

莫恩：

　　我要告诉你吗？

　　你会相信吗？

米迪亚：

　　会的。

莫恩：

　　那么听着：

　　当初我们在城里相识，

　　我是——怎么说呢——一个巫士，

　　一个催眠师……我会读心……

　　我会转动水晶球算命；

　　在我的手指下，橡树桌子像船甲板

　　一样晃动，死人长叹，

　　通过我的喉咙说话，逝去的国王

　　在我体内倘佯……

　　现在我失去了这一特异功能……

米迪亚：

　　就这些？

莫恩：

　　就这些。这些乐谱你要带上吗？

　　我把它们塞进去吧——不，

　　放不进。这本书呢？赶快，米迪亚，

　　火车不到一个小时……

米迪亚：

　　哦……

我准备好了……

莫恩:

他们把你的箱子拿来了。

还有一个。棺材……

[顿了一下。]

好了,再见,米迪亚,

祝你幸福……

米迪亚:

我一直在想我忘了什么事……

告诉我——你是不是在拿那些旋转的桌子

开玩笑?

莫恩:

我不记得……不记得了……

没关系……再见,走吧。

他在等你。别哭。

[两人出到露台上。]

米迪亚:

原谅我……

我们爱过——可爱已消失,去了某处……

我们爱过——可我们的爱已冻僵,

它躺着,一只翅膀张开,翘起

小小的双脚——一只死麻雀躺在潮湿的

路面上……可我们爱过……我们飞过……

莫恩：

　　瞧，

　　太阳出来了……小心脚下——

　　这里滑，小心……再见……

　　再见……记住……只要记住

　　树干上的微光，雨水，太阳……

　　只要这些……

　　[停下。莫恩独自待在露台上。我们看到他的脸慢慢从左边转到右边，目光跟随那些离去的人。然后，他返回客厅。]

莫恩：

　　嗯，结束了……

　　[他用手帕擦擦脑袋。]

　　飞扬的雨滴落在我头发里。

　　[停下。]

　　在某个街角，她的帽子一闪而过，

　　马车湿湿的边厢——消失

　　在柏树道上……那一刻

　　我爱上了她，现在我

　　独自一人。终结。就这样，欺骗

　　命运，把王冠扔向魔鬼，

　　供他娱乐，把深爱之人

　　让给朋友……

　　[停下。]

　　她走下这些台阶

多么平静，朝前迈出的每一步
都一模一样——像个孩子……稳住，
我的心！一声尖叫，无比尖厉，哀号
在我胸中积蓄，升起……不！不！
有个办法：瞪着镜子，
不让抽泣把自己的脸
变成癞蛤蟆的脸……哦！我不能……
在空荡的屋子里和我无眠的良知
这冰冷的天使面对面……
我该怎么活？我该怎么做？我的上帝……
［哭泣。］
嗯……嗯……我觉得好些了。那是莫恩
在哭泣，国王绝对是平静的。
我觉得好些了……泪水洗掉了
眼里的污斑——那是痛点。我还是
不等加纳斯了……我的灵魂
在生长，我的灵魂在长力量——准备
赴死就像准备去度假……
不过准备要悄悄进行。
天快亮了——我还是不等
加纳斯了——天要放亮，
我会轻松地杀死自己。情绪紧张
是召不来死亡的；死亡
会自动到来，我会扣动扳机

像是不慎走火……是的,我觉得好些了——
也许是因为太阳,从斜斜的雨网
照进来……抑或是温情——死亡
的妹妹——那是一个女人永远离去后
无语的、灿烂的温情,……
她忘了关上这些抽屉……

〔四下走动,整理东西。〕
……这些书掉下来,东歪西倒,
就像思想,一旦悲伤把它撕开,
夺走它的生命,就会这样:这是关于上帝的思想……
钢琴打开,演奏的是威尼斯船歌:
她喜欢优雅的音乐……这张小桌,
像修剪过的草坪:这儿有
一张她的家庭照,另一个人的照片,
纸牌,那儿像是珠宝盒……
她拿走了一切……就像歌里唱的——
只给我留下这些玫瑰:
卷曲的花边沾上些微
霉点,高高的花瓶里
水的气味是腐败的、死亡的,像是
古桥下水的气味。玫瑰,你甜蜜的
腐败令我心动……你需要新鲜的水。

〔出门向右。舞台空了一阵,然后,加纳斯从露台进来,衣衫破烂,脸色苍白,步子匆匆。〕

加纳斯：
　　莫恩……莫恩……莫恩在哪里？走过石子小道，
　　穿过灌木丛……像是花园……现在——
　　我在他的客厅里……这是一个梦，
　　不过在我梦醒之前……这里很安静……
　　难道他走了？我该怎么办？干等？
　　主啊，主啊，主啊，让我单独
　　和他碰面！……我会瞄准，开火……
　　然后结束！……那是谁？……噢，
　　不过是个衣衫褴褛的家伙的影子……
　　我害怕镜子……下一步
　　该怎么做？我的手发抖，——在那里喝酒
　　真不明智，那家酒馆，
　　就在山脚……耳畔嗡嗡作响。
　　不过，也许是？是的，绝对是！脚步声
　　窸窸窣窣……赶快！……我该去哪里……

［他躲到左边一个柜子角后面，拔出枪。莫恩回来。他背对加纳斯，摆弄着桌上的花，加纳斯走上前，用颤抖的手举起枪。］

莫恩：
　　啊，你这可怜的家伙……呼吸，燃烧……
　　你就像爱情。你天生是爱的
　　比喻；从蛮荒之日起
　　阿波罗的血就流过你的花瓣，

这不无道理……一只蚂蚁……

可笑：它奔跑，像一个人在火中窜来窜去……

［加纳斯瞄准。］

　　　　落幕

第五幕

第一场

　　老但迪里奥的房间，有一个鸟笼，里面有只鹦鹉，有书本、瓷器。窗外——阳光灿烂的夏日。克莱恩在屋里奔来跑去，远处传来枪声。

克莱恩：
　　好像安静些了……一样的，
　　我死定了！铅弹会射进我的大脑
　　就像石头敲进反光的泥巴——一瞬间——
　　我的思想四处泼溅！真希望，
　　把活过的多汁日子吐出来，
　　重新咀嚼，大口咽下，
　　再一次用公牛般的肥厚舌头
　　搅拌它，从没完没了的沉渣中
　　挤出从前鲜嫩甘甜的青草，
　　痛饮早晨的甘露和丁香叶子
　　的苦涩！啊，上帝，真希望
　　时时感到死一般的恐怖！上帝，那
　　将是极乐！每一种恐怖昭示
　　"我就是"，再没有更大的欢乐！恐怖——

而不是坟墓的寂穆！受苦受难
的呻吟——却不是沉默的尸体！
这就是智慧，绝无他意！
我已准备就绪，弹完自己的曲子，
敲断七弦琴，丢弃我的歌唱天赋，
成为一个麻风病人，体衰，耳聋，——
只要记得一点琐碎小事，哪怕只是
指甲抓挠伤口的嚓嚓声，——于我而言，
也比冥世的美乐更为动听！
我害怕，死亡临近……我抽搐的心脏
沉重地跳动，像手推车上的麻袋，
车子喀吱冲下山，前面是悬崖，是深渊！
停不下来！死亡！
［但迪里奥从右边的门进来。］

但迪里奥：

嘘，嘘，嘘……
埃拉在那边刚刚睡着；
这可怜的家伙流血很多；
孩子死了，母亲失去她第二个
魂魄——更宝贵的那个。不过她像是好些了……
只是，你知道，我不是医生——我用上了
手头上所有的书本知识，可还是……

克莱恩：

但迪里奥！

我亲爱的但迪里奥！我杰出的、聪明的
但迪里奥！……我不能，我不能……
因为他们要到这里来抓我！我死定了！

但迪里奥：

我得承认，我没想到会有这样的
来客；你昨天本该告诉我的：
我会把鹦鹉笼装饰一下——
它不知怎的很不开心。告诉我，
克莱恩——我一直忙着埃拉，
还不太明白——你是怎样和她
逃出来的？

克莱恩：

我死定了！真可怕……
可怕的一夜！他们硬闯……埃拉
老是问孩子在哪里……人群
闯入王宫……我们败下阵来；
可怕的五天，我们抵抗
人民梦想卷起的风暴；
昨晚一切遭到毁灭；他们在宫里
四处追击我们——我和特拉门斯，
还有其他人……我跑啊，抱着埃拉，
从一个大厅跑到另一个大厅，穿过内廊，
折回来，跑上跑下，听到
吼叫、枪声，还有特拉门斯一两次

冷笑……埃拉在呻吟，在呻吟！

突然——被扯掉的帘子，后面有一条裂缝，——

我一使劲：一条通道！你知道——一条秘密

通道……

但迪里奥：

当然，我知道……我想，

那是国王备用的，

为的是悄悄离宫——

冒险一番后，迅速回归

他的日常劳作……

克莱恩：

……于是我跌跌撞撞

进入阴沉的黑暗，走啊，走啊……

突然——一堵墙：我推——发现自己

奇迹般到了一个空空的巷子！

只有枪声偶尔传来，

撕裂空气……我记得

你住在附近——于是……我们投奔你……

可接下来我们怎么办？待在你这里

那是发疯！他们准会找到我！是的，

全城都知道你曾与

疯狂的特拉门斯交好，为他的女儿洗礼！……

但迪里奥：

她身体虚弱：如果再次如此奔逃，

她必死无疑。特拉门斯在哪里?

克莱恩:

他战斗……

我不知道在哪里……前天

他建议我把生病的埃拉带到

你这里……可这里危险,我

死定了!明白吗,——我不知道会怎么死,

我不知道会怎么死,太晚了——

现在我不想明白什么,没时间了!他们

现在就来抓我了!……

但迪里奥:

自己逃吧。

你还有时间。我给你假

胡须和眼镜,你上路吧。

克莱恩:

你真这样想?

但迪里奥:

如果你愿意,我还有面具,

是从前

人们在忏悔节戴的……

克莱恩:

……是的,你尽可讥笑!

你很清楚,我绝不会丢下

我虚弱的埃拉……那才是真的可怕——

而不是死亡,不是——可实际上

充满我血液的仿佛是哀诉,

混合了说不出的妒忌

和闪躲的欲望,如此温柔,

与它相比,所有的落日不过

一摊摊涂料——这就是我的温柔!

无人知晓!我是个胆小鬼,一条毒蛇,

一个马屁精,可这儿,在这儿……

但迪里奥:

够了,朋友……

平静下来……

克莱恩:

爱情用双掌

挤压我的心……抓住它……不松手……

如果我拉扯——它会收紧……可死亡

就在眼前……我又如何能把自己扯

离自己的心?我不是蜥蜴,无法

让心重新长回……

但迪里奥:

你在胡言乱语,镇静:

这里是安全的……街上阳光灿烂,空无一人……

哪里看得到死亡?我那犯困的

书本的书脊上有微笑。

我那有福的鹦鹉平静无比。

克莱恩:
> 这鸟儿晃我的眼……请理解,
> 他们袭击我们,就要来到——
> 无路可逃!……

但迪里奥:
> 我没发现什么危险:
> 南边传来无来由的谣言,
> 说国王还活着,这消息激起
> 前所未有的狂喜;
> 这城市厌倦了处决,一旦结果了
> 特拉门斯这个头号疯子,他们
> 不会再去搜索他的同伙。

克莱恩:
> 真是这样吗?是的,是真的,阳光灿烂……
> 枪声平息……我可以打开
> 窗子吗,是不是可以往外看?嗯?

但迪里奥:
> 还有,
> 我有这个小小的东西……要给你看吗?
> 这里,在这个软盒里……我的护身符……
> 这儿,瞧……

克莱恩:
> 王冠!

但迪里奥:
> 小心,会弄掉的……

克莱恩：

听到没有？……啊，上帝……有人……上楼……啊！

但迪里奥：

我说过你会弄掉的！

［特拉门斯进来。］

特拉门斯：

金色的闪电！

令我心动！你们准备给我加冕，

可这没用。克莱恩，祝贺我：我这秃脑袋的

赏金值得这王国的半壁江山！……

［对但迪里奥］

告诉我，瞎老头，你什么时候，又是怎样

得到这亮闪闪的东西？

但迪里奥：

那些人

搜查王宫，其中一个把它卖给我，

价格是一个金币。

特拉门斯：

嗯，嗯……放到这里。挺合适。

不过我承认，眼下我更喜欢

一顶睡帽。埃拉在哪里？

但迪里奥：

不远。她在睡觉。

特拉门斯：

啊……好，克莱恩，你在嘟囔什么？

克莱恩：

我不能……特拉门斯，特拉门斯，我为什么跟着你？你是死亡，你是深渊！

我们两个都会死的。

特拉门斯：

你说得对极了。

克莱恩：

我的朋友，我的领袖……你聪明绝顶。

救救我——还有埃拉……教教我——我该怎么做？……我的特拉门斯，我该怎么做？

特拉门斯：

你该怎么做？睡觉。我又一次发抖；

又一次，发热这个裸体的姘妇——

用凉凉的大腿钩住我的肚子，

用冰冷的手掌抚摸我的背后，爱抚……

老头，给我什么可以抛之脑后的东西。

就是这个。是的，我亲爱的克莱恩，

我相信我们的朋友没错，

他们警告我们说……顺便说一句，

我把他们四个全处决了——

他们想出卖我……我只要一样！

我要睡了。让那些当兵的

找到我吧。

克莱恩［喊叫］：

啊！……

但迪里奥：

别喊……

别喊。好了。我知道这一切会发生的。

［埃拉从右边进来。］

特拉门斯：

我的女儿，埃拉，不要怕：一切都好！

克莱恩在这里朗诵他最新的诗作……

埃拉：

父亲，你受伤了？有血。

特拉门斯：

没有。

埃拉：

你的手又变冷了，又变冷了……

你的指甲，看上去你像是吃了

野草莓……但迪里奥，我要待在这里……

我要躺下，给我枕头……真的，

我觉得好些了……他们整夜打枪……我的孩子

总是哭……可但迪里奥，你的猫去了哪里？

但迪里奥：

它被某个恶作剧的家伙用硬瓶子砸中……

要不我也不会去买这只鹦鹉……

埃拉：

是的，火红的鹦鹉……是的，我
想起了……我们为它的健康干过杯……啊！

［笑］

"可我害怕你……你的……夺人性命……"
——这话在哪里说的？在哪里说的？不，
我忘了。

克莱恩：

够了……埃拉……我的爱……
闭上眼睛……

埃拉：

你脸色苍白，像刚刨出的
松木板……眼泪像滴滴松脂……
我不喜欢……走开……

克莱恩：

原谅我……我不会，我只是……
我想帮你放好枕头……好了……

［他瘫坐在她床边。］

特拉门斯：

我说什么来着？是的，他们乱搜一气；
瞧，在上议院，在王宫里，
人们到处拥挤，打扫皇家
卧房，晾晒地毯，清走
我的烟蒂，丢走埃拉的发针……

真有意思！那谣传真有意思，
说有一个窃贼——就在南方某地，
你知道的——爬进屋子，将屋主
重击而死——对不起，屋主就是
那个统治者，半年前他
抛弃自己的城池……
我知道，我知道，这些都是幻想。可
就是凭着这种幻想，他们将我扫地出门。
好了，埃拉睡了。我也该……
寒战悄然爬上我后背……不过，
但迪里奥，那个臆想的窃贼
没有消灭假冒的国王！真羞愧……
你笑了？我的玩笑开得好？

但迪里奥：

是的，可怜的加纳斯！
他不走运……

特拉门斯：

你是什么意思——加纳斯？

但迪里奥：

呃，他收到那封信……埃拉告诉我……
这可怜的姑娘睡得真香……克莱恩，
拿点东西盖她的脚……

特拉门斯：

喂，喂，

但迪里奥，也许在你那些古董玩具里，

　　你那些沾满灰尘的小摆设里，你的魔法书里，

　　有几件暖暖和和的衬衫吧？

　　借给我……

但迪里奥：

　　我当然想给你，

　　可对你来说

　　衣服太小……你想说什么？

特拉门斯：

　　但迪里奥，我们曾是朋友，我们争论过

　　艺术……后来我成了鳏夫……

　　然后造反——第一次——让我痴迷，

　　我们碰面少了……我现在不习惯

　　多愁善感，浪费时间，不过凭着

　　旧日的友情，我问你，

　　明明白白告诉我，关于国王你知道些什么！……

但迪里奥：

　　什么，你还不清楚？非常

　　简单。四年前，有一次，我

　　去你家，在门厅的

　　衣架间逗留，那里有些暗。

　　进来两个人；我听到他们急速

　　低语："我的君主，这里危险，他是

　　一个无法无天的造反派……"另一个

回以一笑，低声道："你在楼下等，
　　　我很快。"又是轻声一笑……
　　　我躲起来。过了一会，他离开，拍拍
　　　手套，跑下楼梯——你那个无忧无虑的客人……
特拉门斯：
　　　当然……我记得……我怎么没想到……
但迪里奥：
　　　你沉浸在灰暗的思想中。我保持
　　　沉默。我们很少见面：我不喜欢
　　　阴冷、阴沉的人。不过我记得……
　　　四年过去了——我还记得；后来，
　　　我在不久前的派对上见到莫恩，
　　　我听出了国王的笑声……后来，
　　　在那天的决斗中，你替换了……
特拉门斯：
　　　等等，等等，那个你也发现了吗？
但迪里奥：
　　　是的，
　　　对偶发的细节，我的眼睛已经惯性注意，
　　　这来自勤勉地追踪小甲虫的踪迹，
　　　古董家具和翻起的
　　　油漆上的刮痕，还有
　　　无名画布上的尘迹。
特拉门斯：
　　　而你却保持沉默！

但迪里奥：
　　在两颗心中，于我更宝贵的是
　　更加充满激情的那一颗。还有第三颗心：
　　瞧——克莱恩怀着怎样的悲伤和温情
　　盯着梦中的埃拉，似乎他的惧怕
　　已经和她一起入梦，这可不多见……

特拉门斯：
　　噢，我觉得有意思，
　　我自己的思想和意志
　　在不知不觉起作用，毕竟
　　我亲手把死亡送给国王！
　　尽管是骗人的把戏。
　　私底下，我没有看错加纳斯：
　　他是盲人手里一件盲目的武器……
　　我不抱怨！我以冷静的好奇
　　细察顶住我胸膛的利刃上
　　那些精巧的图案——因果关系……
　　我开心，
　　哪怕很短暂，我还是教会了人民
　　无政府甜蜜的摧毁力……不，
　　我的教授不会没有传承，毫无痕迹！
　　也就是说，没有什么思想，没有
　　什么瞬间的软弱，不在未来的行为
　　中展示出来：国王

肯定会再次撒谎……

克莱恩：

你醒了？

睡吧，埃拉，睡吧。想想都害怕，
埃拉……

特拉门斯：

噢，有意思！如果我知道

这一切，我会向人民大声喊道：

"你们的国王软弱、浅薄，

没有童话故事，只有莫恩！"

但迪里奥：

不要，

特拉门斯，别出声……

埃拉：

莫恩和……国王？

父亲，你说的是这个吗？国王坐的是蓝色
车辇，—— 不，不是……我和莫恩跳舞
不……等等……莫恩……

但迪里奥：

够了，他在开玩笑……

特拉门斯：

克莱恩，安静，别哭！……听着，埃拉……

但迪里奥：

埃拉，听得到我们说话吗？

特拉门斯：

　　她的心还在跳吗？

但迪里奥：

　　是的，很快会过去的。

特拉门斯：

　　她睁开眼睛了……

　　她看得到。埃拉！敏感话题……我不知道竟有这种突如其来的昏厥……

克莱恩：

　　声音！

　　在街上……是他们！

特拉门斯：

　　是的。我们料到他们会来……

　　我们瞧瞧……

　　［打开窗子。从下面的街道传来声音。］

第一个声音：

　　……这房子。

第二个声音：

　　对的！他走不掉了。

　　我们把住了所有的出口？

第一个声音：

　　所有的……

特拉门斯：

　　还是关上吧……

［关上窗子。］

克莱恩［奔来跑去］：

　　救救我……要快……

　　但迪里奥……哪儿都行……我想活……快……

　　要是还有时间……啊！

　　［从右边的门冲出房间。］

特拉门斯：

　　这就是结局吗？

但迪里奥：

　　是的，像是这样。

特拉门斯：

　　我出去迎他们，

　　这样埃拉就看不到了。你拿什么来喂

　　这只橙色鸟儿？

但迪里奥：

　　它喜欢小蚂蚁的蛋，

　　葡萄干……它漂亮吧？你知道，

　　进阁楼，然后上屋顶……

特拉门斯：

　　不，我出去。

　　我累了……

　　［他走向门口，打开门，却被队长和他的四个士兵推回屋里。］

队长：

　　站住！回去！

特拉门斯：

好吧，好吧——

我是特拉门斯，我们到街上谈吧……

队长：

回去，喂。

［对一个士兵］

搜他们两个。

［对但迪里奥］

你的名字？

但迪里奥：

喂，你弄洒我的烟丝了，噢，天啊！

谁会在一个人的鼻烟盒里找他的名字？

来一点怎么样？

队长：

你是这里的主人？

但迪里奥：

没错。

队长：

这是谁？

但迪里奥：

一位生病的姑娘。

队长：

你不该把罪犯藏在这里……

特拉门斯［打了个哈欠］：

　　我碰巧路过这里。

队长：

　　你是特拉门斯，那个造反者？

特拉门斯：

　　我想睡觉。赶紧……

队长：

　　今天，六月十九日，上议院

　　颁布命令，

　　你在这里，现在要……嗨！

　　那里还有人。

　　［对士兵］

　　看住他们。

　　我去看看……

　　［从右边的门离开。特拉门斯和但迪里奥说话，身边是士兵，他们一声不吭，形同僵尸。］

特拉门斯：

　　他真爱闲逛……

　　我想睡觉。

但迪里奥：

　　是的，我们很快就可以好好睡觉了……

特拉门斯：

　　我们？哦，他们不会碰你的。

　　你怕死吗？

但迪里奥：

　　我爱这一切：阴影，

　　灯光，一道阳光中尘埃点点；

　　地板上这些光圈；还有硕大的书本

　　散发出岁月的气息。死亡令人好奇，我不会

　　持有异议……

特拉门斯：

　　埃拉像个玩具娃娃……她怎么啦？

但迪里奥：

　　是的，这没用。

　　［对一个士兵］

　　兄弟，听我说，

　　把这位生病的姑娘带到卧室，之后

　　我们会叫医生的。喂，你聋了吗？

特拉门斯：

　　别理他，没必要，他们会处决我，

　　在某条小巷，——她都不会看到。

　　但迪里奥，你说起太阳……说来怪，

　　我觉得我俩挺像，可像在什么地方，

　　我讲不清……我们现在搞清楚。

　　你接受死亡吗？

但迪里奥：

　　是的。万物必须衰腐，

　　因为万物要复活——由此看，

三位一体很清楚。怎么说?
空间是上帝,物质是耶稣,时间
是圣灵。如此,我的结论是:
由这三者构成的世界——我们的世界——
是神圣的……

特拉门斯:

是的,继续。

但迪里奥:

你听到
是什么东西在践踏我的房间吗?全
是靴子!

特拉门斯:

别管了,我们的世界……

但迪里奥:

……是神圣的;
因而一切皆为幸福;所以我们
必须且歌且作:活在这个世界上,
意味着以三种形式为主人劳作:
空间、物质和时间。不过工作结束,
我们把记忆交给时间,把音容笑貌
交给空间,把爱交给物质,
告别,去赴永恒之宴。

特拉门斯:

你瞧——

我基本同意，不过我不需要
幸福的奴仆。我造反，
造主人的反！你听到吧！
我号召所有人放下工作！向前，
去赴永恒之宴：我们将在
极乐的深渊里安歇。

但迪里奥：

他们抓住他了。一声喊叫。

特拉门斯：

我把克莱恩忘了……

［克莱恩从右边冲进来。］

克莱恩：

啊！陷阱！

他们也在这儿！

［猛地冲回右边的房间。］

埃拉［抬起身子］：

莫恩……莫恩……莫恩……

我睡梦中像是听到一个声音：

莫恩是国王……

［又一动不动。］

队长的声音［在右边的房间里，房门仍开着］：

够了，别在

屋里跑来跑去！

克莱恩的声音：

求求您……

队长的声音：

你的名字！

克莱恩的声音：

求求您……我还年轻……我这么年轻！
我是个名人，我是个天才！他们不会
杀死天才的！……

队长的声音：

回答问题！

克莱恩的声音：

我叫克莱恩……不过我会效忠国王的……
我发誓……我知道王冠在哪里……我会
归还它……我发誓……

队长的声音：

别拽我的腿，
我会把自己的靴子打个洞的。

克莱恩：

开恩——……！

〔一声枪响。特拉门斯和但迪里奥继续谈话，他们身边是一动不动的士兵。〕

特拉门斯：

你说，空间是上帝。很好。这就

解释了翅膀的问题,我们用这些翅膀

充斥天堂……

克莱恩的声音:

哦!……还没结束,

没结束……

队长的声音:

这个坏蛋,他生命力挺强。

但迪里奥:

是的。

触动我们的有迅疾的飞翔、车轮、船帆,

还有——儿时的游戏,还有,青年时

的舞蹈。

[……]①

---

① 这些诗行在俄文原本中遗失,包括本场结尾的"落幕"。——英译本注

第二场

［莫恩、艾德明、外国人和其他客人。］

［莫恩］：

［……］①
那些心脏被子弹打中的人们不该
被谣言的小小弹丸击倒……
今夜天色深蓝，仿佛三百个
七月天，压缩、浓缩成一片黑暗，
池塘里癞蛤蟆急切的欲望，
油亮树叶的颤抖，使它咯吱作响……
如果我不是国王，我会是诗人，
在今夜，捧琴热唱，沉浸在
这蓝色中，在这清亮的夜色中，
繁星下，这夜色一路颤抖，
有如黑色飞马佩加索斯敏感的后背……
不过我们不该谈论死亡——是吧？
——而该高兴地谈论

---

① 这些诗行在俄文原本中遗失。——英译本注

这个王国，谈论权力，谈论
我的幸福，你们会让我的灵魂恢复活力，
在日光中追逐轻柔、修长的蝴蝶——
随后痛饮美酒，如此
灵魂的话语才会更动听
更真诚……我高兴。

女士：

君主，会有
跳舞吗？……

莫恩：

跳舞？没有地方，埃拉。

女士：

我不叫埃拉……

莫恩：

我弄错了……
呃……我想起了……我是说
这里没有地方跳舞。不过在宫里，
也许我会办个舞会——大型舞会，
伴着烛光，是的，伴着烛光，
伴着风琴美妙的哼唱……

女士：

国王……国王在笑我。

莫恩：

我幸福！……就算我脸色苍白，那也是因为幸福！……

绷带……太紧了……艾德明，告诉……

不了，你来弄……固定好……像这样……

好了……

灰发客人：

国王或许累了？或许

客人们应该……

莫恩：

啊，他真像！……

瞧，艾德明——真像！……不，我不累。

你离开这城市很久吗？

灰发客人：

我的君主，我被一阵风暴驱逐：

暴民躲开您，

碰巧闯进我家，差点要

我的命。我逃了。自那以后我思想

我游荡。现在我要回家，因为回归的甜蜜

而感激悲惨的逃亡……

不过美酒里有蜜蜂的翅膀；对我而言，

欢乐里有不言而喻的忧伤：我的老屋，

我打小时候就住在里面，

我的房子被烧光……

艾德明：

不过这个国家得救了！

灰发客人：

怎么说呢？国家这神威无形无状，
而我们心爱的乡土一隅——
则是这无形无状可见的形象。
我们只从那分开的胡须认识上帝；
我们从心爱的家屋独有的模样
认识自己的祖国。没人能把上帝
或祖国从我们身边带走。不过失去
这温暖的小小形象，依然令人悲伤。
我的房子毁了。我哭泣。

莫恩：

我发誓，我会为你
在同一地点建起同样的住房。
不需要建筑师，你只需依自己的喜好
来检查蓝图；你的记忆，而不是木匠
会帮助我；不需要油漆匠，只需要你儿时
敏锐的目光：童年的我们看得到
色彩的灵魂……

灰发客人：

君主，感谢您；我知道
您是个魔术师，很高兴
您理解我，不过我不需要
一个家……

莫恩：

　　我发了誓……誓言里有什么？
　　是饶舌的自尊。你看时，死亡
　　一直在那里。誓言里有什么？有时
　　连星星也会不按时归来，
　　欺骗观星者……
　　等等……告诉我……你认识那个老人吗——
　　但迪里奥？

灰发客人：

　　但迪里奥？不，君主，我想不起……

第二位来访者［轻声地］：

　　看看国王，他有不开心的事……

第三位来访者［轻声地］：

　　仿佛有一片阴影——一只鸟儿的阴影——
　　飞过他明亮、苍白的脸庞……那是谁？
　　［有人走到左边的门前。］

声音：

　　对不起……你叫什么？你不能
　　进这里！

外国人：

　　我是外国人……

声音：

　　等等！

外国人：

　　不……我要进去……我只是……我什么也不是。

我只是睡着了……
声音：
　　　他喝醉了，别让他进去！……
莫恩：
　　　啊，新到的客人！进来，进来，赶快！
　　　我很高兴，哪怕是一位哀伤的天使，
　　　收起翅膀，步履沉重，像阴沉的坟包，
　　　我也会用微笑欢迎他；
　　　哪怕是一个会耍聪明把戏的乞丐；
　　　哪怕是一个刽子手，他穿整洁的双排扣礼服，
　　　扣紧……哦，亲爱的客人，
　　　上前来！
外国人：
　　　他们说您是国王？
艾德明：
　　　放肆！……
莫恩：
　　　别管他。他是外国人。是的，我是国王……
外国人：
　　　好，那么……我高兴；我常梦到您……
莫恩：
　　　别作声，艾德明——有意思。客人，
　　　看不清你的脸，你可来自远方？
外国人：
　　　我来自

>   平凡的现实，来自沉闷的真实世界……
>   我睡着了……所有这一切都是梦……一个
>   酒醉诗人的梦……一个反复出现的梦……
>   我梦见过您一次：某次舞会……某座城市……
>   严寒，快活……只是您有一个不同的
>   名字……

莫恩：

>   莫恩？

外国人：

>   莫恩。就是它……
>   一个复杂的梦……不过您知道，
>   我高兴能醒来……我想起一些事
>   不在那里，不过我想不起……

莫恩：

>   在你的国家，人人说话都这样？……
>   像做梦一样。

外国人：

>   啊，不！在我们国家什么都不好，
>   不好……等我醒后，我会告诉他们
>   我梦到了一个多么高贵的国王……

莫恩：

>   奇怪的家伙！

外国人：

>   不过是什么令我不安？

>我不知道……就像上一次……我吓坏……
>我的卧室肯定不透气。什么事让我
>充满恐惧……幻觉……我要努力醒来……

莫恩：
>等等！……我的幽灵溜到哪里了？……等等，
>回来……

声音[从左边传来]：
>拦住他！

第二个声音：
>我看不到他……

第三个声音：
>夜晚……

艾德明：
>我的君主，您怎么容忍他说这些鬼话？

莫恩：
>从前的国王都有弄臣：他们用黑色语言道出真理，
>说得巧妙——这些弄臣很讨国王欢喜……
>而我则有这个伪装的梦游者……
>亲爱的客人，你们干吗不说话？
>为我的幸福干杯！还有你，艾德明。
>喂，高兴起来！大家喝酒！酒神的心
>有如刻花玻璃：里面是鲜血和阳光……

客人们：
>国王万岁！

莫恩：
　　国王……国王……
　　上天的雷声在这世俗的言语里回响。
　　如此！我们喝酒！我要激励我的臣民：
　　我打算明天返回！
艾德明：
　　君主……
客人们：
　　国王万岁！
艾德明：
　　……求求您……医生们……
莫恩：
　　够了！我说了——就明天！回去，回去——
　　乘着飞翔的棺材！是的，乘着坚固的棺材，
　　装上虚构的翅膀！还有什么：
　　你说"童话故事"……我觉得滑稽……
　　上帝和我一起笑！那些呆傻的暴民
　　不知道骑士有的是黑色的身体，
　　汗水淋漓，锁在童话故事的盔甲里……
声音［轻声地］：
　　国王在说什么呀？……
莫恩：
　　……他们不知道，可怜的东方新娘
　　身着锦缎华服，实则毫无生气，

在大海另一边，漫游的行吟歌手
　　却在歌唱童话里的爱情，一代代
　　撒谎，他们的手指碰都不用碰
　　琴弦——尘埃就变成了梦想！
　　［喝酒。］

声音：
　　国王在说什么？

第二个声音：
　　他醉了！……

第三个声音：
　　他眼里闪着疯狂的光芒！……

莫恩：
　　艾德明，再给我
　　倒些酒……

女士［对那位绅士］：
　　走吧，我害怕……
　　［……］①

［**国王**］：
　　梦一旦中断，便无法再续，
　　在梦中，我眼前飘浮的王国
　　突然变成静立于大地之上。
　　现实突然被侵犯。

---

① 这些诗行在俄文原本中遗失。——英译本注

>　　活生生的现实，曾经如透明空气
>　　一样滑动；现在，突然地，
>　　如粗鲁的巨人轰隆隆大步踏进
>　　我实在而脆弱的梦。我看到
>　　高塔的碎片在身边冲上
>　　云霄。是的，梦总是
>　　虚幻的，都是谎言，谎言。

艾德明：

>　　我的君主，
>　　她也对我撒谎。

国王：

>　　艾德明，谁撒谎？
>　　［突然想起来］
>　　哦，你在说她？……不，我的王国
>　　是一个幻象……梦是一个谎言。
>　　［……］①

「莫恩」：②

>　　艾德明，把它给我！……我还能做什么？
>　　下跪？你喜欢这样吗？啊，艾德明，
>　　我必须死！我有罪，不是对加纳斯，
>　　而是对上帝，对你，对我自己，

---

① 这些诗行在俄文原本中遗失。——英译本注
② 在该剧的俄文版（Azbuka）中，"国王"变回"莫恩"。——英译本注

对我的人民！我是个坏国王：
隐形的，没有弄臣，靠欺骗治国……
我的全部力量都在于我的神秘……
我的律治有何聪明之处？权力的
创造力，权力的快乐？热爱人民？
是的。可空虚、欺骗，就像把脸涂白的小丑，
穿着蓬松的罩衣，那是统治者的灵魂！
我一会儿戴着面具高坐王位，
一会儿身处虚荣的情人家的客厅里……
欺骗！我的逃跑是个谎言——
你听到吗？——是懦夫的诡计！这份荣耀
不过是瞎子的亲吻……我
真是国王吗？毁了一个姑娘的国王？
不，不，够了，我将落入——死亡——
炽热的死亡！我只是一个火炬，
被扔到井里，燃烧，旋转，飞行，
向下飞，飞向它的倒影，
那倒影像晨光在黑暗中生长……
求你！求求你！把我的黑色手枪给我！
你为什么不说话？
［停住。］
哦，不要……这世上
还有其他的死法：跳崖，投身漩涡，
喝下毒药，以刀剑自戮，还有上吊的绞索。

不！你无法阻止一个罪人杀死

自己，如同不能阻止一个天才的诞生！

［停住。］

不过，提出这些要求

我是在自贬身份……一个复杂的游戏

结局如此简单，真是乏味。

［停住。］

艾德明，我是你的国王。把它给我。

你明白吗？

［艾德明没有看他，把枪递过去。］

莫恩：

谢谢。我去

露台那儿，只有星星看见我。

我高兴，我清醒；我的话

无比真诚……艾德明，我轻吻

你明亮的前额……别说话，别说话……你的

沉默比任何世间名曲都动听。

好了。谢谢你。

［他朝玻璃门走去。］

蓝色的夜把我带走吧！

［他出到露台上。透过玻璃门可以看到他的身影，夜光照亮这身影。］

艾德明：

……………………………………………………

……………………………………………………………
……绝不能让人看到
我的国王如何向上天报告,
莫恩先生的死讯。

 落幕

译后记

　　五幕剧《莫恩先生的悲剧》是纳博科夫第一部主要作品，但他既没有像把自己其他俄语作品译成英文那样也把这部剧作翻译出来，也没有在生前出版它。直到他逝世二十年后即1997年，该剧才在俄罗斯的文学刊物上全文刊出，2008年成书出版。2012年，《莫恩先生的悲剧》第一次被译为英文，本书根据英译本翻译。

　　故事发生在一个无名的国度。国王治国有方，国家走出战乱，一片繁荣，但这位国王很神秘，常戴面具，行踪不定，只有他的心腹知己艾德明知道他的另一个名字叫"莫恩"。莫恩爱上因造反失败而被流放的加纳斯的妻子米迪亚。加纳斯逃回来，发现妻子与莫恩的私情，要与莫恩决斗。在抽牌赌生死中，造反派领导人特拉门斯作弊，莫恩赌输，将被迫自杀，但他选择带上米迪亚和艾德明逃走。特拉门斯趁机煽动暴乱，攻入王宫。不久，米迪亚与艾德明相爱，离开莫恩。后来，在国王依然活着的传言的鼓动下，民众再次攻入王宫，捕杀特拉门斯及其党羽。莫恩带上被米迪亚抛弃的艾德明准备返朝，但就在当晚，莫恩自杀。

　　虽然《莫恩先生的悲剧》被长久湮没，虽然它只是一个二十来岁年轻人的出道力作，虽然它相比纳博科夫的其他作品并不很出彩，但它在这位文学大师的创作生涯中却占有特殊的一席之地。一个重要原因是它的一些主题贯穿了纳博科夫之后五十多年的创作，如"幸福难以捉摸；想象力的游戏性既有创造力也有毁灭力；勇气、胆怯和忠诚；面具背后的真相；自由的斗争和占有灵魂的规律；欲望和有悖道德的激情对人的主宰；……'真理和极度幻想二者的相似性'"（引自英译本前言）。

顾名思义，这是一个人的悲剧故事。莫恩的面具暗示他有双重身份（巫士和国王），尽管他治国业绩辉煌，但最终因有悖道德伦理而自毁。同时，这又是一个以莫恩为轴心，关于多人的悲剧故事。实际上，剧中多位由莫恩串起的主要人物也都以悲剧结局。特拉门斯以"把国家烧成灰烬"为己任，一直欲置莫恩于死地，他虽一时阴谋得逞，终引火烧身。他的喽啰克莱恩是个善唱颂歌的诗人，得势时心狠，失势时怕死，最后被处死。米迪亚追求享乐，三次背情弃爱，生命存活而德范尽失。加纳斯自逃跑回来后，一直在理智与情感中挣扎，一方面因妻子出轨而仇恨莫恩，另一方面，他在流亡途中亲眼目睹国家的繁荣与安宁，对莫恩钦敬有加，为自己曾跟随特拉门斯祸国殃民而倍感羞愧，良知难平。特拉门斯的女儿埃拉则成了父亲欲望的无辜受害者，她起初爱克莱恩，当她发现他暴力的真实面目时，她"浑身浸透冰冷的痛苦"，后来她爱上加纳斯，但只敢告白，还是跟克莱恩结了婚，由于民众暴乱，她在逃亡中流产，生死难料。老贵族但迪里奥乐对人生，笑对死亡，然他明知特拉门斯居心叵测而没有揭露，最后也可能难逃一死。艾德明是个忠臣，但在不知不觉中夺主所爱，最后自己也遭抛弃。这些人年龄不一，身份各异，性别不同，成了人这个概念的具象，他们的悲剧也就成了人的悲剧。人的悲剧即是人性的悲剧，因为人性的种种弱点，这些人或失去生命，或失去爱情，或失去友谊，或失去亲人，无有善果。

真正的悲剧在彰显人性阴暗的同时，也张扬人性的高尚和可贵。莫恩先是逃跑，后在回归王位之时选择自杀，是想做个诚实之人，对得起良知，如他临死前对艾德明说的，"我有罪，不是对加纳斯，/而是对上帝，对你，对我自己，/对我的人民！"加纳斯看清了暴力的可怕，坚决与特拉门斯划清界限。克莱恩在逃亡中还算坚守爱情。艾德明对自己的不忠和软弱深感羞愧，他极力护佑明主，仍不失为忠臣。埃拉虽年轻，但敢于质疑父亲的暴力观点。

悲剧既是精神的，也是肉体的。以肉体衬托精神，以精神渲染肉体，纳博科夫在剧中大量使用疾病和暴力的隐喻。例如，特拉门斯一直发热，又时时感到"如蛇的冰寒"，且经常瞌睡，这种身体的异常暗示他缺失正常的理性。眼疾是另一常见隐喻，勇气、命运和谣言都是"盲目"的。连人也如此，如特拉门斯把要杀莫恩的加纳斯视为"盲人手里一件盲目的武器"。暴力是一种恶疾。埃拉将克莱恩的爱比作牛头怪狂暴的铁蹄，冲向自己。克莱恩把性爱比作突入一把紧绷、灼热的剑鞘，比作破门而入。得势时的特拉门斯野心膨胀，不听部下忠告，叫嚷着要打断民众的梦想的脖子。随着暴力而来的是死亡。莫恩看到城市裹在蓝色的尸衣中。在艾德明眼里，暴乱的新闻被死亡的尸衣紧紧裹住。这些隐喻既强化作品的诗意，也深化了主题，即在这样的国家里，一切都不正常，一切都在丧失理性。

隐喻不仅表现在疾患和物什中，还出现在人物的名字中。莫恩的名字（Morn）显然来自 Morning（早晨，黎明），含有多义：莫恩把和平的黎明带给国家，最后又以自杀把良知的黎明带给自己。加纳斯的名字 Ganus 近似 Janus（古罗马门神，其两张相反的面孔代表同时面向过去和未来），只有他能反省过去，最终放下武器而面向未来。特拉门斯的名字 Tremens 为疾病 delirium tremens（震颤性谵妄）的一部分，暗示他罔顾现实，只做白日梦。但迪里奥的名字 Dandilio 近似 dandelion（蒲公英），莫恩等称他为"无忧无虑的蒲公英"，意为随风飘荡，与世无争，随遇而安。埃拉的名字 Ella 源于意大利语，在古式英语中意为"美丽的女子"，也代表勇气，还有"光亮的""多产的"等含义，她命运之坎坷使这个名字的后两义带上了反讽的意味。这些名字的隐喻使得这部剧作接近童话故事，有寓言的味道。

俄文版《莫恩先生的悲剧》的英译者之一托马斯·卡尔山指出，该剧在主题、人物、情节、语言和艺术手法上都有仿莎士比亚的意图。在主题方面，王权是一个沉重的负担，这类似《亨利四世》。莫恩的魔法力量和博爱胸怀与悲喜剧《暴风雨》的国王普罗斯彼罗颇为类同。埃拉为帮逃亡回来的加纳斯见到妻子，把他打扮成奥赛罗的模样去参加舞会。特拉门斯、克莱恩、莫恩和但迪里奥的话语喜用隐喻，哲理意味浓重，也像莎翁的晚期作品。最具雄心壮志的是仿莎翁悲剧的抑扬五音步，甚至比莎翁的抑扬五音步还要严格（参见英译本前言）。

从翻译来讲，要逐字逐句译出这样的抑扬五音步几乎不可能，如硬为之，将损害原文的微妙含义。故英译本采用的是松散的五重音一行，以语境为重，兼顾重音的自然出现和每一诗行的整体性。汉译本同样以语境和诗行的整体性为重，努力体现原文的节奏感和音韵美。由于英译本多采用"内押韵"，即押韵不在诗行之尾，而在相邻甚至相隔的上下诗行之中。采用内押韵，虽然行尾不甚押韵，但就体现含义之整体性的数句诗行而言，却是押韵的，因而在形与音上都显出强烈的节奏感，将生活对话和艺术美感进行了有机的融合。例如，第一幕第一场中加纳斯对特拉门斯鼓动他继续大搞暴乱如此回答：

For the sorrows of my heart, for the tears
of my Midia, I will never forgive the King.
But, consider: while we were declaiming
grand words — on the oppressed, on poverty
and suffering of the people — the King
himself was already acting in our stead...

译文：因为我心中充满悲伤，因为我的米迪亚泪水不尽，我永远不会原谅国王。
可<u>想</u>一想：我们慷慨陈<u>词</u>，大话空讲，
说人民受压迫，国家遭贫<u>穷</u>，
百姓受苦<u>痛</u>——而国王他本人
已经采取行<u>动</u>……

（画线部分为押韵处）

  除了内押韵，《莫恩先生的悲剧》还有另一个独特性，那就是运用了大量的省略号，功能丰富。其一，表现人物的犹豫、沉思、胆怯等临时性情绪。其二，表示接话人的急不可待。其三，表示说话人欲言又止，意犹未尽，留给读者或观众思考的空间。其四，由于出现在诗行中，省略号所代表的停顿也有增加节奏感的作用。也许正是由于这种丰富性，省略号在英国著名剧作家哈罗德·品特的作品中也很常见，二者异曲同工。

  总之，不管得到什么样的评价，《莫恩先生的悲剧》是一部具有高度艺术自觉性的作品，有助于让读者了解纳博科夫创作的整体性、连贯性和丰富性。感谢出版社给予我这个锻炼和学习的机会，使我受益匪浅。由于水平有限，疏漏不当在所难免，望读者不吝指出。

刘玉红
2014年初秋于漓江之畔